KB188041

카르네아데스
CARNEADES

"으, 으으…… 대체 뭔가요."

이브

"네, 넷! 열심히 할게요!"

"나한테는 불리해!
그래도 지금은 네가 있어!"

둘이서 자는 게 더 따뜻하다.

악몽은 꾸지 않았다.
너와 함께 자고 있음을.
마음으로 느꼈던 덕분일지도 모른다.

CARNEADES

1

프롤로그

이곳은 모형 정원.

여왕은 한 사람.

이윽고 백성들은 깨닫는다.

천 년의 안식이 이어져 온 행복과 행운을.

* * *

밝은 밤이었다.

휘영청 밝은 달이 하얗게 빛난다.

그 모습은 마치 어둠이라는 이름의 검은 호수 위에 떠오른 한 장의 거울 같았다.

흠잡을 데 없는 완연한 둥근 달은 불빛이 없는 슬럼가도 예외 없이 비춰준다. 잡동사니를 끼워 맞춰 지은 건가 싶은 허름한 건물들 사이로 스며드는 것처럼, 투명한 달빛이 퍼져나간다. 하지만 가진 것 없는 사람들에게 이런 밝은 밤이 달갑냐고 묻는다면, 꼭 그렇지만도 않았다.

달이란 마(魔)의 상징이다.

그래서 이런 만월의 밤에는 악마가 날뛴다.

그 말을 뒷받침하듯이 바로 지금, 뒷골목을 뛰어다니는 그림자가 있었다.

살짝 꾀죄죄한 몰골을 한 여자애가 맨발을 드러낸 채로 달리고 있다. 거친 숨을 헐떡이며 금이 간 보도블록 위를 질주하는 중이었다. 찢어진 치맛자락이 다리를 휘감는데도 개의치 않고 필사적으로 다리를 놀렸다. 물론 소녀가 이렇게 달리는 데는 이유가 있었다. 죽을힘을 다해 추격자에게서 도망치는 상황이었기 때문이다.

추격자는 인간이 아니었다. 기묘한 그림자가 꿈틀거리고 있다.

그것은 잔혹하다. 그것은 사악하고 근본부터 뒤틀린 존재였다.

온갖 짐승의 얼굴을 가진 끔찍한 괴물이 소녀의 뒤를 쫓고 있었다. 늑대나 개처럼 생긴 머리가 꿈틀대는 부정형의 몸통 위에 몇 개씩이나 달려있다. 딱딱거리는 턱 소리와 함께 몸에 달린 짐승들이 으르렁댄다. 셀 수 없이 돋아난 다리가 안 그래도 쩍쩍 갈라져 있는 도로 위에 새로운 발톱 자국을 새겼다. 짐승들이 잔인한 살의를 드러낼 때마다 핏빛에 가까운 붉은 타액이 땅 위에 떨어진다.

그것에 쫓기는 소녀는 애처롭게 비명을 질렀다.

"히이익, 히이이이이이이이이이이이익!"

『그래…… 그거야…… 더욱 두려워해…… 주세요…… 앗, 실수했다. 두려워해라!』

왠지 모를 얼빠진 목소리가 울려 퍼졌다.

한순간 거기서 이상함을 느낀 소녀는 뛰던 발걸음을 멈췄다.

하지만 그런 소녀를 질책하는 것처럼 짐승의 머리들이 일제히 울부짖었다. 크왕, 크왕, 크르르, **빠빠**, 금속이 마찰하는 것처럼 귀에 거슬리는 소리가 묵직하게 울린다.

두려워해라, 겁먹어라, 공포심을 품고 울음을 터트려라.

소녀는 황급히 다시 도망치려고 했다. 하지만 너무 서두른 탓에 결국 넘어지고 말았다.

"⋯⋯앗."

거친 돌바닥 위에 내팽개쳐지기 직전이었던 바로 그 순간이었다.

짐승의 몸에서 쭉 뻗어 나온 그림자가 중심을 잃은 소녀를 받쳐줬다.

푹신, 하고 부드러운 감촉과 함께 소녀를 보도블록 위에 살포시 내려놓는다. 덕분에 길바닥을 구르는 일 없이 무사히 바닥에 착지한 소녀. 대체 무슨 일이 일어난 걸까. 어리둥절해서 눈만 깜빡이던 소녀는 무심코 뒤를 돌아보았다.

짐승── 정확히는 그 짐승의 몸통 가운데에 숨어있던 무언가가 움찔, 몸을 떨었다.

이미 소녀의 두려움은 씻은 듯이 날아간 상태다. 지그시 응시하면서 눈앞에 있는 괴이의 실체를 눈으로 파악하고자 했다. 그런 시선을 거부하는 것처럼 짐승이 딱딱 이빨 부딪히는 소리를 냈지만, 그러면서도 여자애를 물어뜯으려고는 하지 않는다. 그 사실을 깨닫자, 소녀는 한층 더 의심스러운 시선을 보냈다.

얼마 안 가 짐승의 몸통 속에서 난처해하는 목소리가 흘러나왔다.

『저, 저기요—, 무서워해 주시면 안 될까요?』

"싫은데."

『저기, 그게, 다치게 하진 않을 테니까요! 부탁이니 힘껏 무서워해 주시면…… 꺄악!』

그때였다.

확, 하고 청명한 빛이 검은 짐승 위로 쏟아진다.

악마에게 보름달이 떼놓을 수 없는 반려 같은 존재라고 한다면, 태양은 몸을 찔러대는 바늘과 마찬가지다. 햇빛에 노출되더라도 받는 영향은 흡혈귀 종족보다야 적은 편이지만, 아무리 그래도 이렇게나 강렬한 빛이 내려꽂히면 얘기가 달라진다.

조그만 비명과 함께 사악한 짐승의 표면이 흐물흐물 녹아내렸다. 녹아내린 몸통은 입자가 되어 안개처럼 사라진다.

그리고 다 녹아버린 자리에 나타난 건——.

"으, 으으…… 대체 뭔가요."

가녀린 소녀였다.

소녀의 눈은 자수정을 연상시키는 신비로운 색을 띠고 있었다. 머리카락은 눈동자와 똑같은 연보라색. 양 갈래로 묶인 머리카락은 부드러운 굴곡을 그리며 발밑까지 흘러내렸다. 왼쪽 손목에는 어째서인지——구속이라는 본래의 목적을 잃어버린 채—— 한쪽만 채워진 수갑을 달고 있었다. 그리고 견갑골에는 악마를 상징하는 검은색 날개가 돋아있다.

아름답고, 덧없는 인상을 주면서도 노출이 많은 과감한 차림을 한 소녀.
그게 수많은 머리를 달고 있던 짐승의 정체였다.

상상도 못 했던 짐승의 정체, 아름다우면서도 연약해 보이는 모습에 열심히 도망치던 소녀는 넋을 잃었다. 하지만 그것도 잠시뿐, 정신을 차리고선 주먹을 말아쥐었다. 짐승 흉내를 내던 소녀한테 다가가 있는 힘껏 불만을 토해주려고 했다.
그 순간이었다.
내리쬐던 빛이 번쩍, 하고 더욱 강렬해졌다.
"햐으으윽!"
"찾았다, 『도망치는 날개 이브』!"
높은 톤을 가진 목소리가 울려 퍼진다.
새로운 누군가의 등장이다.
이제부터 시작될 다툼의 기척을 예민하게 알아챈 거겠지. 슬럼가에서 키워온 직감을 발휘한 인간 소녀는 재빠르게 꽁무니를 빼고 도망쳤다. 멀어져 가는 뒷모습을 향해 이브라고 불린 소녀가 애처롭게 목소리를 냈다.
"앗…… 오늘의 식사가."
"아무 죄도 없는 사람한테 겁을 주고, 그 공포심을 통해 악마

로서 영양분을 섭취한다니 괘씸함의 극치! 천사의 시선에선 도
망칠 수 없다는 걸 깨닫도록 해!"

"천, 사?"

이브는 자신을 비추고 있는 빛을 향해 쭈뼛쭈뼛 시선을 돌렸다.

새하얀 날개가 돋아난 동그란 물체가 날개를 파닥거리며 공중
에 떠 있었다. 그 물체가 마치 렌즈 같은 역할을 하며 성스러운
빛을 한곳에 모아 이브를 비추는 중이었다. 그런 구체가 두 개,
그리고 그 사이에 한 명의 소녀가 서 있었다. 소녀의 모습을 보
고서 이브는 자기도 모르게 중얼거리듯 말을 흘렸다.

"…………예쁘다."

부드러운 붉은색 눈동자. 이브와 비슷하게 양 갈래로 묶은 머
리카락은 크림색이 섞인 흰색.

자그마한 체구에 이렇다 할 굴곡은 없었지만, 마치 인형처럼
균형이 잡힌 몸이었다. 그 위에 흰색과 검은색이 섞인 가벼워
보이는 제복을 걸치고 있어서 사랑스러우면서도 동시에 늠름한
인상을 준다.

머리에는 날개의 문장이 그려진 모자를 쓰고 있었다.

움찔, 몸을 떨면서 이브가 당혹스러운 목소리로 외쳤다.

"겨, 경찰분인가요?!"

"바로 그 말대로야. 자기가 범죄자라는 자각은 있는 모양이니
대견하다고 해야 할까. 똑똑히 기억해두도록 해. 너를 체포할
경찰의 이름을…… 내 이름은 엘."

다시 한번 확, 하고 렌즈가 비치는 빛이 더욱 강해졌다.

장갑을 낀 손가락이 경찰모의 챙을 잡고서 비스듬히 기울어뜨렸다. 그리고 그녀는 씨익 웃으며 당당하게 큰 소리로 선언했다.

"엘리트 천사 경찰 엘!"

이리하여 이야기가 시작되었다.
모든 건 달이 빛나는 밤에.

악마이자 범죄자인 이브와
엘리트 천사 경찰 엘.

두 소녀가 이렇게 만나
개막의 종이 울려 퍼진 것이다.

『도망치는 날개 이브』── 이유는 불명이지만 귀족주의적이고 호전적인 성격을 지닌 악마들의 거주 구역을 벗어나 인간들의 슬럼가에 모습을 드러낸 떠돌이.”

천사 경찰 엘이 딱, 소리를 내며 손가락을 튕겼다. 그러자 악마 이브의 환영을 벗겨내는 데 사용한 투광 렌즈의 빛이 꺼졌다. 뒤이어 찾아온 어둠이 주변으로 퍼져나간다.

또각또각 구둣발 소리를 내며 몇 발짝 앞으로 발걸음을 내딛는 천사. 악마는 슬금슬금 뒤로 물러났다. 하지만 얼마 물러나지도 못하고 뾰족한 날개 끝이 근처 가옥의 돌벽에 닿고 말았다. 악마 이브는 움직임을 멈추고선 고슴도치처럼 온몸에 경계심을 잔뜩 두른 채 천사 경찰 엘을 바라보았다.

약간 거리를 둔 상태로 엘이 말을 이었다.

“저지른 죄목은──『무서운 모습으로 변신해서 인간족을 위협하고 공포심을 양분으로 삼음』, 『영혼을 입에 덥석 물고 인간한테서 생기를 빼앗음』……『덧붙여 피해자들은 하나같이 기운이 펄펄 넘치는 사람들뿐이라 사건 후에는 오히려 차분해짐』인가── 한마디로 뭐, 전부 경범죄네.”

“마, 맞아요. 저는 최대한 나쁜 짓은 하지 않으려고…….”

“그러나!”

천사 엘은 악마 이브를 향해 단호하게 손가락을 내밀었다.

움찔 놀란 이브가 부르르 몸을 떨었다. 그런 이브를 향해 가학적인 웃음을 만면에 짓고서 엘이 계속해서 말했다.

"경범죄도 거듭 쌓이면 큰 죄야. 게다가 너, 도망치는 속도만큼은 빨라서 지금까지 좀처럼 붙잡히질 않았잖아? 거기에 더해 간신히 체포했다 싶으면 탈옥한 것도 한두 번이 아니지."

"그야 천사 경찰분들은 악마한테 너무 엄격하고, 대우도 가혹하고, 무서워서⋯⋯."

"너 같은 범죄자가 하는 말은 듣고 싶지 않아! 아무튼 내가 하고 싶은 말은, 그런 연유로 바로 나, 『엘 플랙티어』가 호출됐다는 뜻. 너 같은 잔챙이 잡범 따위를 잡으러 말이야."

"슬—쩍⋯⋯."

자신만만하게 가슴에 손을 올리고, 소리 높여 천사 경찰인 자기 자신을 뽐내는 엘.

그 틈을 타 『도망치는 날개 이브』는 도주를 시도했다. 검은 그림자로 가짜 모습을 만든 다음 진짜 몸은 어둠 속에 섞여 사라지려는 작전이었다. 분명 이브의 동작에는 기척도 소리도 없었을 터였다.

그러나 엘은 즉시 반응했다. 마술이라도 부리는 것처럼 다시 한번 손가락을 튕기자, 허공에서 반짝이는 권총이 떨어졌다. 그걸 공중에서 낚아채고선 눈에 보이지도 않는 속도로 방아쇠를 당겼다.

"힉!"

"꼼짝 마."

은색 총탄이 『도망치는 날개 이브』의 코끝을 스치고 지나갔다. 살의는 없지만 상대의 움직임을 확실하게 꽁꽁 묶는 한 발이었다. 충격 탓에 이브는 그대로 얼어붙었다. 동시에 싫어도 깨닫게 된다.

지금까지 보아 왔던, 악마를 한껏 얕보는 콧대 높은 천사 경찰들과 이 소녀는 다르다는걸.

이어서 엘은 새로운 총을 하나 더 손에 쥐었다. 두 자루 권총을 양손에 쥐고 낮은 목소리로 으르렁댔다.

"네 수법은 이미 알고 있어. 자료는 전부 암기했거든. 다들 땡땡이치느라 바빠서 제대로 취합된 자료가 없긴 했지만, 아무튼 속일 수 있을 거라고 생각하지 마."

"시, 싫어어어어어어어어어어어!"

"내가 온 이상 이제 도망칠 수 없어!"

『도망치는 날개』라고 불리는 악마답게 이브는——반쯤 울먹이고 있긴 했지만——포기하지 않고 땅을 박찼다. 엘 또한 천사 경찰의 엘리트답게 그런 이브의 등을 향해 당황하는 기색 없이 발포했다.

커다란 총성이 울려 퍼졌다. 총구에선 십자 모양의 머즐 플래시가 번쩍인다.

이리하여 한바탕 추격전이 시작되었다.

* * *

"죄송해요! 죄송해요! 한 번만 봐주세요! 뭐든지 할 테니까요!"

"그럼 얌전히 체포돼!"

"그건 무리예요!"

"그럴 거면 뭐든지 하겠다는 소리를 하지 마!"

이브의 발치에 총탄이 튄다. 이브가 깜짝 놀라 춤이라도 추는 것처럼 다리를 휙 들어 올린 사이 턱밑으로도 총알의 궤적이 지나갔다. 황급히 몸을 뒤로 젖히는 바람에 이브는 그만 뒤로 넘어지고 말았다. 옅은 보라색 머리카락이 체조 리본처럼 통통 튄다. 결국 이브는 후에에에엥, 하고 한심하게 울음을 터트렸다.

엘은 그런 무방비한 이브를 향해 달려들려고 했다. 동시에 낮게 중얼거렸다.

"그럼, 지금부터가 시작이네."

"『우누스』!"

눈물을 그렁그렁 매단 이브가 큰 소리로 외쳤다.

순간 어둠이 꿈틀거렸다. 사악한 기운의 소용돌이로부터 깡마른 검은 개가 춤추듯 튀어 올랐다. 갈비뼈가 어렴풋이 보일 정도로 여윈 체구였지만, 거죽은 단단하고 온몸이 강철처럼 단련되어 있음을 알 수 있었다.

어둠 속에서 짐승이 튀어나왔는데도 엘한테서는 조금도 동요하는 기색을 찾아볼 수 없었다.

엘은 미리 정보를 입수해 둔 상태였다. 『도망치는 날개』 이브는 거의 아무런 전투력도 갖추지 못했지만 대신 사역마를 소환해서 부리는 솜씨가 뛰어나다는 사실. 짐짓 도발하듯이 엘이 얼굴에 조소를 띠었다.

"어디 와보라고!"

깡마른 개는 길게 찢어진 입을 벌렸다.

스프링처럼 땅을 박차고 뛰어올라 무시무시한 모습으로 엘을 향해 달려들었다.

하지만 엘은 발을 놀리는 속도를 늦추지 않았다. 오히려 앞을 향해 더욱 가속하면서 단번에 자세를 낮췄다. 공중으로 뛰어오른 개의 몸통 아래쪽으로 그대로 파고들더니 그 자세 그대로 총구만 위로 겨눴다.

콰앙, 하고 폭발음이 울려 퍼졌다.

총탄은 그대로 검은 개의 몸통에 착탄──『우누스』는 안개처럼 흩어졌다.

그러는 동안에도──소환수의 주인인──이브는 허겁지겁 자리를 벗어나려고 했다. 그러나 달려드는 천사의 모습을 보고선 걸음을 멈췄다. 질색이라는 듯이 고개를 좌우로 흔들고선 다시 한번 외쳤다.

"『두오』, 『트리아』, 『콰투오르』!"

"계산대로야!"

이번에 출현한 건 세 마리.

압도적인 불리함을 눈앞에 두고서도 엘은 툭 던지듯 말했다.

긴 털을 가진 늑대── 두오, 커다란 몸집을 가진 개── 트리아, 소형견── 콰투오르가 일제히 달려든다.

소형견이 도약하는 궤도에 맞춰 엘이 망설임 없이 유연하게 발을 휘둘렀다. 발차기는 그대로 몸통에 히트. 소형견이 깨갱 짖으며 날아갔다. 날아간 개는 긴 털을 가진 늑대와 충돌.

두 마리가 충격으로 데굴데굴 구르는 것과 동시에 엘이 점프했다.

후방으로 회전. 하얀색 머리카락이 아름다운 호선을 그린다. 등 뒤에서 덮쳐든 커다란 개의 콧잔등에 그녀의 발뒤꿈치가 박혔다. 충격으로 거구의 개가 휘청인 순간 복부를 향해 발포——개는 그대로 안개가 되어 흩어졌다. 그대로 발뒤꿈치를 회수하고서, 다시금 엘은 이브의 추적에 박차를 가했다. 쫓아가는 도중 아직도 넘어져 버둥거리고 있는 두 마리한테도 잊지 않고 총알을 박아 넣었다.

『두오』와 『콰투오르』도 안개가 되어 사라졌다.

흘러가는 상황을 지켜본 이브가 비명을 질렀다.

"말도 안 돼! 이 정도로 했는데 안 되는 건가요!"

"당연하지! 내 상대는 못 돼!"

"으윽, 『퀸퀘』, 『섹스』, 『셉템』, 『옥토』!"

이번엔 네 마리.

하지만 천사 경찰의 엘리트로서 엘은 여유로운 미소를 무너뜨리지 않았다.

여태까지 등장한 사역마들에 대한 정보는 비교적 성실한 편이었던 동료가 정리한 자료에 전부 적혀 있었기 때문이다. 다시 말해 과거에도 저 사역마들을 상대해 본 사람이 있었다는 뜻.

그때 동료는 동시에 덤벼드는 네 마리를 감당하지 못했고 이브는 도주에 성공했다. 그러나 그 녀석도 이브를 놓치긴 했지만 다친 데 하나 없이 복귀할 수 있었다. 겨우 그 정도 상대가 엘의 적수가 될 리가 없다.

"먼저 『퀸퀘』!"

총구를 겨누면서 엘이 선언했다.

이름을 불린 붉은 털의 늑대는 정면으로 맞서겠다는 듯 과감하게 발을 멈췄다. 그러나 엘은 순간 두 자루 권총을 다른 방향으로 겨누더니 붉은 털의 늑대를 보조하려고 움직이던 『섹스』와 『셉템』을 향해 쏘았다.

비명을 지를 틈조차 없이 두 마리가 안개로 흩어진다.

갑작스러운 사태에 당황하고 만 『퀸퀘』. 엘은 그 빈틈을 놓치지 않고 숨통을 끊었다.

도망치고자 달려가던 이브는 발걸음을 멈추고 돌아가는 상황을 보더니 비명을 질렀다.

"무슨 그런, 비겁하잖아요!"

"싸우는데 비겁이고 비열이고 반칙이고 없어!"

응수하면서 천사 경찰 엘이 팔을 휘둘렀다.

그 틈을 노리고 잿빛 털을 가진 거대한 개, 『옥토』가 뛰어들었다.

핏빛 침을 뚝뚝 흘리면서 입을 쩍, 하고 크게 벌렸다. 바로 앞까지 다가온 거대한 입이 커다란 송곳니를 빛내며 엘한테 달려든다. 하지만 엘은 몸을 피하려는 기색이 없다. 오히려 앞으로 나아가서는 입속 깊숙이 팔을 집어넣더니―― 이빨이 박히기 직전에 방아쇠를 당겼다.

몸 안쪽에서부터 은색 탄환에 배를 관통당한 『옥토』가 안개로 변했다.

방해물들을 정리한 엘이 이브를 추격한다.

이브는 지금은 문을 닫은 술집 앞에 서 있었다. 건물 옆에는 나무통과 공사용 벽돌이 쌓여 있다. 나는 데 그다지 적합하지 않아 보이는 날개를 열심히 파닥이면서 이브는 뿅뿅 뛰어올랐다. 넘어질 듯 휘청거리면서도 어떻게든 건축 자재들을 발판 삼아 지붕 위로 도망치는 중이었다.

탁탁, 몇 번 발을 굴러 높이 도약하면서 엘도 그 뒤를 쫓았다.

"체포당하기는 싫어요—!"

"놓칠까 보냐!"

두 사람은 지붕 위에 도달했다.

탁 트인 하늘 위로 한층 더 밝게 빛나는 달이 눈에 들어왔다.

희고 깨끗한 달빛을 받으며 이브는——지나치게 악마다움을 의식한 결과일까—— 부자연스러울 정도로 천 면적이 적어 보이는 옷을 걸친 몸을 부르르 떨었다. 섬세하고 깨끗한——너무 많이 드러나 있긴 했다—— 부드러운 피부가 달빛을 받아 아름답게 빛난다. 엘은 천사 경찰 제복 차림으로 그런 이브 앞에 당당하게 섰다.

하지만 체포하기엔 아직 둘 사이의 거리가 멀다. 어깨를 으쓱하면서 엘은 천사 특유의 거만함을 담아 선언했다.

"자, 어디 보여주시지. 잔챙이의 한계를."

"으윽……『노벰』!"

자료에는 없었던 아홉 번째 사역마다.

마침내 여기까지 몰아붙였다.

그 사실에 엘은 옅게 미소 지었다. 그러면서도 동시에 붉은 눈을 가늘게 떴다.

『노벰』은 평범한 사역마가 아니었다.

황소보다도 커다란 몸통에 세 개의 머리가 달린 마수였다. 눈 안에는 마력의 불꽃이 검게 불타고 있었다. 거기까진 좋다. 그런데 울툭불툭한 등에는 하얀 날개가 돋아나 있었다. 하얀색은 선의 상징. 사악함과는 대극에 있는 색.

상식적으로 악마는 이런 마수를 불러낼 수 없다.

위화감을 느낀 엘이 조그맣게 중얼거렸다.

"신성과 사악의 혼합 속성을 가진 마수? 이브, 너는 정체가 뭐야?"

"이 아이는 저도 어지간해선 소환하지 않아요! 그, 그러니까 다치기 전에 물러나 주세요."

"하! 농담도!"

천사 경찰의 엘리트에게 겨우 이 정도 가지고 후퇴라는 선택지는 없다. 춤추는 듯한 가벼운 몸놀림으로 엘이 달려들었다.

『노벰』이 울부짖는다. 큐아아아아아아아악, 하는 이질적인 외침이 공기를 뒤흔들었다. 엘의 눈에 마수의 앞다리가 움직이려는 듯 흔들리는 게 보였다. 아직은 안전거리일 터, 하지만 직감에 따라 빠르게 옆으로 도약했다.

날카로운 충격파가 방금까지 엘이 있던 지점의 지붕을 찢어발겼다. 만약 직감을 믿고 피하지 않았더라면 산산조각이 났겠지. 아까 상대한 마수들과는 몸에서 내뿜는 살기의 질부터가 달랐다. 불안해 보이는 이브의 표정으로 미루어 짐작하건대 아무래도 『노벰』은 완벽하게 제어하지 못하는 모양이다.

다음 충격파가 닥쳐오기 전에 엘은 새까만 몸통을 향해 총탄을 연사했다. 그러나 미동조차 없다.

"……안 통하나. 가죽의 단단함이 예상 이상이야. 산탄으로도 안 될 것 같네…… 그렇다면."

"이, 이제 이해하셨나요? 『노벰』은 강하다구요. 아주 단단해요, 그러니까 제발 물러나 주세요! 어서요! 아픈 꼴을 당하면 큰일이니까요!"

"통할 때까지!"

힘주어 외치고선 엘은 지붕을 박차고 높게 뛰었다. 그 순간 그녀의 등에 청명한 빛이 모여들었다.

은색에 가까운 수많은 빛의 실이——원래부터 등에 달려있던 날개를 감싸 안으며—— 아름다우면서도 완벽한 형태를 자아낸다. 그 빛은 무기가 아닌, 유기적으로 이어진 한 쌍의 존재를 만들어 냈다. 펄럭, 하는 소리와 함께 엘의 등 뒤로 순백이 펼쳐진다.

엘은 날개로 공중을 날고 있었다.

천사의 모습 위로 달빛이 쏟아져 내린다.

그 모습을 눈에 담은 이브는 자기도 모르게 홀린 것처럼 중얼거렸다.

"…………예쁘다."

『여왕의 어명(御名)은 누구도 알지 못하고.』

그러는 동안에도 엘은 성구(聖句)를 외웠다.

동시에 그녀의 뇌는 맹렬한 속도로 정보를 처리하는 중이었다. 지난번 슬럼가를 일제 단속했을 때 범죄 약물 매매에 쓰이던 건물들 여러 곳이 빈집이 되었다. 『노벰』이 서 있는 건물도 그중 하나다. 빈 건물이니만큼 누군가가 말려들 걱정을 할 필요도 없다.

그래서 엘은 성구를 외우는 걸 멈추지 않았다.

"『그러함에도 나는 이 자리에서 간절히 바란다. 행복이 있을지어다, 행복이 있을지어다, 행복이 있을지어다.』

"……엥? 어, 어라? 대체 뭘."

엘의 손바닥 위로 총이 녹아내리듯 사라졌다. 부드러운 빛의 입자로 변한 총은 사탕 세공처럼 점차 형태가 변하기 시작했다. 그 결과 마치 거짓말처럼, 천사에게 도저히 어울리지 않는 거친 원통형 모양만이 남았다.

개인 화기형 박격포였다.

반동에 대비하여 엘은 날개 죽지에 힘을 줬다. 그와 동시에 성구의 암송이 끝났다.

"『그대의 죄에 축복 있으라!』"

그 순간 박격포가 발사됐다.

탄환이 그대로 『노벰』의 몸에 작렬했다. 십자형의 빛줄기가 치솟아 그 자리에 기둥처럼 우뚝 섰다. 충격파가 주변의 기왓장을 날려버리고서 지붕 일부분을 파괴했다. 먼지와 나무 파편들이 후두둑 떨어져 내린다.

　강력한 위력에 맥없이 튕겨 나간 이브가 바닥을 굴렀다. 조각조각으로 박살 난 『노벰』은 바로 안개가 되어 흩어진다.

　돋아난 빛의 날개를 훅 꺼트리며 지붕 위에 착지한 엘은 깊게 숨을 토해냈다.

　"하아…… 이걸로 어때?"

　"으으윽, 너무해요."

　『도망치는 날개』 이브는 벌써 다시 일어나 있었다.

　제법 근성이 있구나, 하고 엘은 내심 감탄했다.

　울상을 지으면서도 엘을 똑바로 바라보는 시선. 그것 또한 나쁘지 않았다. 이런 상황까지 몰렸는데도 저항할 의지를 나타내는 사람이나 정면으로 맞서려는 사람은 어지간해선 드물다. 보통 악마라는 건——일부 진짜 강자들을 제외하면—— 좀 더 비겁하고 임기응변에 가까운 꼼수나 쓰는 종족이다. 엘은 문득 웃음이 나왔다.

　두 사람 사이에 무거운 침묵이 내려앉았다.

　첫 시작과 마찬가지로 악마 이브와 천사 엘이 서로를 마주 본다.

　흰색 머리카락과 연보랏빛 머리카락이 밤바람을 맞아 조용히 흔들렸다.

　"…………으윽."

"자, 이제 너와 춤추는 것도 끝이야."

엘은 단호하게 선언했다. 방금 박격포를 사용하면서 엘은 힘을 대부분 소비했다. 한동안 총은 불러낼 수 없겠지. 하지만 대형 마수를 불러낼 수 없는 건 이브도 아마 마찬가지일 터였다. 양쪽 다 소모가 심하긴 하지만 이제 남은 건 체포하는 것뿐——엘이 그렇게 생각했을 때였다.

"『데쳄』."

"윽…… 열 번째를!"

혀를 차면서 엘은 자세를 잡았다. 총은 없다.

그래도 이긴다. 이길 수 있어. 엘은 스스로를 채찍질했다. 마음속 동요를 눌러 죽였다.

눈 깜짝할 사이에 앞으로의 대처법을 정했다. 먼저 마수의 눈을 파괴한다. 그런 다음 생겨난 사각을 통해 목뼈를—— 그랬는데 엘 앞에 나타난 건 예상 못 한 존재였다.

다리가 후들거리는 늙은 개였다. 헥헥대며 혀까지 내밀고 헐떡이고 있다.

응? 하고 고개를 갸웃거리는 엘의 눈앞에서 이브는 늙은 개의 등 위에 올랐다.

"에잇."

"앗."

피유우우우우우우우웅, 하고 어안이 벙벙할 정도의 스피드로 『데쳄』은 빠르게 질주했다.

맞서 싸울 자세를 풀지도 못한 채 엘은 그 뒷모습만 멍하니 바라봤다. 바라보고 있을 수밖에 없었다.

두 다리만 가지고 도주용 마수를 쫓아가는 건 불가능하다.

순식간에 이브의 뒷모습이 점점 멀어져 간다.

동시에 하늘이 점점 하얗게 물들기 시작했다. 언제 시간이 이렇게 지난 건지, 달은 자취를 감추고 지평선은 아침 해가 비치는 자줏빛으로 물들어 있었다. 작은 새들이 지저귀는 소리가 들린다. 마의 존재가 두려워 잠에 빠져있던 인간들이 하나둘씩 잠에서 깨는 기척도 느껴졌다.

그런 평화로운 소란 속에서 엘은 부들부들 몸을 떨었다.

"노…… 놓쳤……."

아무런 수확이 없지는 않았다.

열 번째 사역마의 정보를 가지고 귀환하는 것만으로도 의미가 있다. 거기에다 이번은 겨우 첫 번째 만남이었다.

그럼에도?

그럼에도!

"놓쳐버렸어어어어어어어어어어어어어어!"

굴욕적인 건 굴욕적인 거였다.

커다란 외침에 슬럼가의 까마귀들이 푸드득 날아올랐다.

깊은 한숨과 함께 엘은 어깨를 축 늘어뜨릴 수밖에 없었다.

제2막 　이 모형 정원 안의 다양한 종족

뚜벅뚜벅, 투박한 발소리가 울린다.

매끄러운 대리석 바닥과 새하얗게 칠해진 벽, 일정한 간격으로 장식된 스테인드글라스가 반짝이는── 장엄함을 우선시하고 기능성을 고려하지 않은 인테리어로 꾸며진 건물 안에서, 불만스러움이 한껏 묻어 나오는 발소리가 울려 퍼진다. 불편한 심기에 장단을 맞추듯 엘의 양 갈래로 묶은 하얀 머리카락도 통통 튀어 올랐다. 형형하게 빛나는 분노의 기색을 보고서 담소를 나누던 천사 경찰들이 잰걸음으로 자리를 피했다. 현재진행형으로 땡땡이를 치는 중이었으니 제 발이 저린 거겠지. 하지만 엘이 지나가자마자 이번엔 엘을 향한 뒷담화 대회가 시작됐다.

일부러 들으라는 듯 시끄러운 웃음소리가 울린다.

천사 경찰의 엘리트, 엘은 짧게 혀를 찼다.

(정말 멍청이들뿐이야!)

슬럼가에서 본부로 막 복귀한 엘은 생각했다.

천사는 기본적으로 오만하고, 인정하고 싶지는 않지만 게으르기까지 했다. 우아하게 살아가는 것이야말로 천사라는 종족의 특권이라고 생각하는 자들도 꽤 많다. 하지만 엘한테 말해보라고 한다면 딱 한마디로 정리할 수 있었다.

잘난 척도 그 정도면 예술이라고.

노블레스 오블리주. 사회적 지위를 유지하기 위해선 응당 그에 걸맞은 의무가 따라붙는다.

제아무리 고귀한 천사라곤 하나, 싸우지 않는 경찰 따위 잔챙이보다도 못한 존재.

(먹고 자기만 하는 거라면 누구든 할 수 있어.)

엘 또한 천사 특유의 『타고난 오만함』을 갖고 있긴 하다. 스스로 자각도 있다. 그러나 엘은 이 『천사 경찰 본부』에 둥지를 틀고 있는 대다수와는 다르다. 매일 변덕 삼아 다른 종족의 약한 녀석들을 대충 아무렇게나 체포한 다음, 다과회니 살롱이니 하면서 노닥대는 일에만 부지런한 녀석들과는 아예 다르다는 뜻이다.

성실함과 근면함이 오히려 눈엣가시가 되어 따돌림당하는 것쯤이야 아무래도 좋다.

그래, 엘은 무위도식하는 돼지가 아닐뿐더러 하루 종일 디저트나 쪼아대는 까마귀도 아니라는 뜻——.

"누구보고 돼지라고?"

"응?"

아무래도 생각하던 게 자기도 모르게 입 밖으로 나왔나 보다.

자기한테 날아온 가시 돋친 목소리에 고개를 들었다.

하얀 벽에 새겨진 훌륭한 포도나무 가지 부조 앞에 천사 경찰 소녀 넷이 서 있었다.

누구 하나 빠짐없이 짙은 색—— 푸른색 머리카락, 비취색 머리카락, 금색 머리카락, 핑크색 머리카락을 제각각 가진 소녀들이 화단의 꽃처럼 나란히 서 있었다. 분노가 가득 담긴 말투와는 정반대로 표정에는 다른 사람을 한껏 깔보는 웃음이 달라붙어 있었다.

그게 마음에 안 드는지 엘은 입꼬리를 말아올렸다.

"엘, 그 표정은 뭐야? 넌 너무 자기 주제를 모르는 거 아냐?"

천사답게 하나같이 피부색이 하얀 소녀들은 엘이 엘리트라는 사실에도 아랑곳없이 한층 더 눈빛에 오만함을 담았다. 이 녀석들의 자신감의 원천은 대체 뭘까, 엘은 기억을 더듬었다. 그리고 마침내 이유를 알았다. 분명 저 네 명 중 리더 격인 애가 상층부 누군가의 후계자였던가, 총애하는 애였던가 그랬다. 관심이 없어서 자세한 내용은 금방 기억에서 지워버렸지만.

그저 확실한 건 딱 하나.

이 녀석들 전부 잔챙이들이라는 사실.

"나는 딱히 누구를 콕 집어서 돼지라고 부른 건 아니었는데? 나태함을 마구 흩뿌리고 다닌다는 자각은 있는 모양이라 참 다행이야."

"흐응, 여전히 건방짐으로 똘똘 뭉쳐있구나. 있잖아, 엘? 빨빨거리며 일하는 거야 좋지만 『이 나』한테 그런 태도는 좀 아니지 않을까?"

"『도망치는 날개 이브』가 도주하자 조급해진 나머지 광범위 살상용 천사 무기를 무단으로 반출해서 사용, 그 결과 인간들까지 휘말려서 다치게 했으면서, 그러고도 마지막엔 결국 놓쳐버린 너희들이…… 그 뒤치다꺼리를 해준 나한테 할 만한 소리일까?"

엘은 조금도 봐주지 않고 날카로운 말을 던졌다.

얘기를 듣던 주변 사람들이 술렁인다.

지난번, 슬럼가에서 일부 천사 경찰이 저질렀던 오점—— 그건 바로 직후 실시한 위법 약물 일제 검거로 어떻게든 흐지부지되어 넘어갔다. 그 일을 새삼 다시 끄집어내는 사람은 이제 엘말고는 없다. 하지만 그렇다고는 해도 반성조차 제대로 하지 않은 실수를 좋게좋게 잊어주려는 사람도 천사 중에는 없었다.

굴욕으로 몸을 떠는 네 명을 보며 엘이 콧방귀를 뀌었다.

"천사 경찰로서 도저히 할 말이 없는 실태야. 꼴사나운 데도 정도가 있지. 그래도 조금은 안심이 되는걸."

"……엘…… 너."

"돼지라는 사실은 알고 있는 모양이니까 참 다행이지 뭐야?"

"『빛이여』!"

상대방이 큰 소리로 외쳤다. 천사마다 사용하는 무기는 천차만별이다. 콧대 높은 소녀는 레이피어를 만들어 냈다. 엘은 부드러운 동작과 함께 칼날을 잡아챌 자세를 취했다. 상대방의 검날과 함께 저 고고한 자만심까지 함께 꺾어줄 생각이었다.

스테인드글라스로 다채롭게 빛나던 공기가 살기와 긴장으로 찌릿찌릿 떨린다.

두 사람은 지금 당장이라도 움직일 작정이었다.

하지만 바로 그 순간.

"장미잎을 넣은 홍차랑 쿠키, 지금 가져왔습니다아아아아아아아아!"

벌꿀색을 띤 갈색의 소녀가 난입해 들어왔다.

싸움을 걸던 소녀도, 엘도 눈이 동그래졌다.

폭풍처럼 등장한 사람은 큰 키를 가진 소녀였다. 머리카락도 피부도 천사들 사이에선 이질적인 진하고 밝은 색을 띠고 있었다. 홍차를 연상시키는 긴 머리카락은 광택과도 같은 윤기를 내며 허리까지 흘러내렸다. 눈동자는 사탕과도 같은 황금색. 그리고 무엇보다도 눈에 띄는 특징은 동물 귀와 꼬리를 달고 있다는 점이었다. 장식이 없는 수수한 검은색 옷을 입은 소녀는 엘과 대치하던 소녀들에게 컵과 종이봉투를 불쑥 내밀었다.

이어서 척, 하고 경례했다.

"넵, 이걸로 명령은 완수했습니다! 그 밖에 지시하실 건 없습니까!"

"없긴, 한데…… 너는 수인이면 분위기 좀 파악하라고! 지금 우리는 주제도 모르는 데다 천박하기까지 한 천사 경찰의 수치한테 따끔한 맛을 보여주려던 참인데."

"핫, 하지도 못할 걸 잘도 말하네."

"엘…… 너 적당히 좀."

"죄송합니다, 저는 수인이라 그런 쪽의 눈치가 필요한 일은 조―금 서툴러서요. 오오, 그리고 이렇게 반가울 수가! 엘 씨, 잘 다녀오셨어요!"

수인 소녀가 양손을 번쩍 들었다. 그러더니 반가움을 드러내며 엘의 어깨를 덥석 붙잡았다.

소녀는 남몰래 식은땀을 줄줄 흘리면서 엘의 등을 밀었다.

"자자, 어서 가죠! 마침 간식 시간이에요."

"잠깐, 루나."

"자— 어서어서 가자고요. 여러분은 홍차랑 쿠키가 식기 전에 드세요. 본부 내에서의 다툼은 저도 싫고, 여러분도 싫고, 규칙으로도 금지! 그렇잖아요?"

루나라고 불린 소녀가 웃으면서 말했다.

윽, 하고 시비를 걸던 상대방이 망설이는 태도를 보였다. 주변 시선을 받으며 마지못한 기색으로 소환한 레이피어를 없앤다.

그러는 동안에도 루나는 엘의 등을 쭉쭉 떠밀었다. 엘은 그만하라며 저항했다.

하지만 결국 에이에이, 자자자자, 하면서 떠미는 루나한테 이끌려 자리를 떠났다.

기세가 꺾여서 멀뚱멀뚱 서 있는 네 명과 엘의 거리가 벌어진다.

긴 복도를 지나 모퉁이를 돌자, 루나는 휴, 하고 한숨을 내쉬었다.

"엘 씨, 그러면 안 되죠…… 그런 식으로 싸움을 걸다뇨."

"자기 실태를 반성조차 하지 않는 상대방의 잘못이지."

"그야—, 저 애들은 글러먹은 천사인 데다—, 경찰로서도 부패했고, 체포 실패에, 죄수 학대도 저지르는 정말로 최악인 애들이지만 그냥 내버려두는 게 최선이라니까요. 바보는 가만히 냅두면 그저 짖어대기만 할 뿐이니까요. 괜히 신경 써봤자 헛수고예요!"

루나는 가차 없이 단언했다. 확실히 맞는 말이긴 하지만 엘은 입술이 비죽 튀어나왔다.

맞는 말이어도 납득이 안 간다. 그 표정을 살핀 루나는 씩, 웃으면서 말을 이었다.

"게다가 그게 엘 씨를 위한 일이기도 해요!"

"나를 위한 일은 나 스스로 정해. 그런 것보다 루나…… 너 설마 잔심부름 수준이 아니라 저 녀석들한테 강제로 삥뜯기고 있는 건 아니겠지?"

매점에서 사 왔을 장미잎이 들어간 홍차와 쿠키에 대해서 추궁했다.

수인의 사회적 지위는 낮다. 저 네 명이 순순히 돈을 지불했을 거라곤 생각하기 힘들었다.

루나의 표정이 움찔 굳었다. 솔직한 성격이라 이런 불의의 질문에 약하다. 보는 사람이 웃길 정도로 눈동자가 상하좌우로 갈팡질팡 움직이는 게 보였다. 태도를 보아하니 결국 대답은 하나뿐이다.

정말 한도 끝도 없이 한심한 녀석들이었다. 천사 경찰이 수인을 등쳐먹다니.

그렇구나, 엘은 땅이 꺼지라 한숨을 내쉬고서 팔을 걷어붙이며 말했다.

"그 자식들…… 여기서 얌전히 기다리고 있어, 루나. 몇 대 패주고 올 테니까."

"엘 씨, 자자자자, 자자자자자, 자자자자자자자자."

루나는 필사적으로 엘을 다독였다.

하지만 엘은 발걸음을 멈추지 않았다. 격투기로 엘을 이길 수 있는 천사는 단 한 명도 없으니까.

이기고 지는 게 문제가 아니라고요— 라고 애원하며 루나가 엘의 옷을 잡아끌었지만 엘은 여전히 앞으로 걸어갔다. 질질 끌려가는 와중에 루나는 갑자기 헉, 하고 표정을 굳혔다. 불행 중 다행이라고 할지, 이제야 생각났다는 것처럼 루나가 용건을 꺼냈다.

"아 맞다, 서장님이 부르셨어요!"
"너는 그걸 제일 먼저 말하라고!"

하얀 머리카락을 휘날리면서 엘은 황급히 달려갔다.
루나는 조심하세요, 하고 손을 흔들며 뒷모습을 배웅했다.

* * *

"이 세상은 평등하지 않아."
그게 서장의 첫 마디였다.

천사 경찰 본부는 기본적으로 장식이 과다할 정도로 많다. 창문에는 스테인드글라스, 벽에는 이야기와 설화를 담은 부조들이 양각되어 있고, 날개가 돋아난 천사나, 면사포로 얼굴을 가린 여왕의 조각상들이 여기저기 세워져 있다. 머리 위에는 복잡하고 정교한 샹들리에. 거기에 마지막 방점을 찍는 것처럼 식기류까지 전부 은 제품이다.

그러면서 죄수를 수감하는 감옥이나 시중을 드는 수인용 기숙사는 열악하기 짝이 없었다.

그 모든 환경이 서장의 첫 마디를 상징처럼 뒷받침하고 있다. 하지만,

"외람된 말씀입니다만, 샬레이나 서장님."

"뭐지?"

"서장님답지 않은 선언이라는 생각이 듭니다만?"

엘이 그런 소리를 하는 데에는 이유가 있다.

설탕 과자를 듬뿍 바른 것 같은 이 경찰 본부 내에서 서장실은 그래도 기능미와 실용성을 유지하고 있는 귀중한 장소이기 때문이다.

방 안에는 업무용 책상과 서류 캐비닛, 가죽을 씌운 의자 말고는 아무것도 놓여 있지 않았다. 화려한 장식물들은 전부 배제된 상태다. 그건 이 방의 주인이자 묘령의 천사인 샬레이나가 자기가 가진 특권과 계급에 관심이 없다는 증거이기도 했다. 그런데도 그녀는 한 번 더 말했다.

"확실히 내가 할 만한 말은 아니라는 생각이 들겠지. 그러나 천사에 걸맞은 화사함과 순수함은 전부 버렸어도, 나는 그 누구보다도 천사다운 천사라고 자부하고 있어. 그건 결코 변하지 않는 사실이야. 이 세상은 평등하지 않아. 아니, 평등해서는 안 돼…… 우리의 빼어난 동포, 천사 경찰 엘 플랙티어."

"네."

"이 세상을 모형 정원이라고 친다면── 그 안에 사는 모든 종족들을 말해볼 수 있나?"

"먼저 우리 천사들. 적대 관계에 있는 악마. 부하인 수인. 그리고 동맹인 흡혈귀. 불쌍한 인간종…… 이렇게 다섯 종족입니다."

"그래, 그리고 각 종족 간에 목숨의 가치는 대등하지 않지."

샬레이나는 오연한 태도로 단언했다.

흠, 하고 엘의 눈썹이 아주 살짝 꿈틀거렸다.

목숨의 무게는 종족이 어떻든 똑같다는 게 엘의 생각이었다. 심장과 혼의 무게에 유의미한 차이 따위 없다. 하지만 존재의 가치가 동등하냐고 묻는다면 또 얘기가 달라진다.

천사는 특권 계급이다. 엘 또한 그걸 자각하고 있고 거기에 대한 자부심도 있었다.

그들은 다른 종족과는 다르다. 천사는 질서의 기치를 내 걸고서, 다른 네 종족을 단단히 단속하고 관리할 의무가 있는 종족이다.

그리고 악마. 그들은 천사에게 체포당하는 입장이지만 호전적이고 귀족주의에 찌들어 있다. 악마는 어디까지나 악마, 자기들을 특권 계급이라고 여기고, 천사와는 뿌리 깊은 대립 관계에 있다. 그들의──주위의 모든 사람에게 덤벼드는── 천박한 삶의 방식은 그야말로 육식 동물이라고 표현해야겠지.

그 밑에 자리하는 게 수인이다. 그들은 천사나 악마에게 지배받으며 살아간다. 일종의 가축이나 마찬가지다. 수인들은 천사나 악마의 수족이 되어서 안정적으로 식량을 얻고 잠자리를 해결한다.

유일하게 이들은 다르다고 표현할 수 있는 게 흡혈귀다. 그들은 천사와는 또 다른 특권을 자랑한다. 숫자로 따지면 몇 안 되지만 흡혈귀는 개개인이 강한 힘을 갖고 있다. 천사가 군대라면 그들은 빼어난 개인이다.

따라서 천사는 유일하게 흡혈귀와는 불가침조약을 맺고 있다.

"그러니 이 모형 정원 안에서 인간이 몇이나 죽든 원래대로라면 신경 쓸 가치는 없어. 하지만 우리, 천사는 질서의 기치를 내건 긍지 높은 종족…… 그렇기 때문에 평등해서는 안 되는 이 세계에서도 벌레들의 비극에 눈을 돌려서는 안 돼."

"타당하신 말씀입니다."

"요즘 흡혈귀로 인한 희생자가 간과할 수 없는 숫자에 달했다."

샬레이나는 마침내 본론을 꺼냈다.

최근 며칠 사이에 봤던 자료를 머릿속으로 떠올려봤다.

동료들이 자료를 기재하는 방식은 주먹구구라 피해자에 대한 소견조차도 두루뭉술했다. 하지만 머리 절단에 내장 파열, 조각조각 나버린 기묘한 시체가 발견됐다는 사실은 이미 검증을 마친 상태였다.

저도 모르게 엘의 눈이 가늘어졌다. 흡혈귀라는 단어를 들으면 자연스레 떠오르는 모습이 있었다.

자신의 지인, 앳되면서도 고귀한 모습이 머릿속에 떠오른다.

마치 그 순간을 노리기라도 한 것처럼 샬레이나의 말이 이어졌다.

"엘…… 현재 일어나고 있는 문제도 포함해서 자네의 지인에게 다녀와 줬으면 좋겠군. 그자는 흡혈귀 중에서도 특별한 지위를 가진 자야. 그리고 충고도 함께 부탁하지. 규율이 존재하지 않던 시대에나 유행했을 법한 무의미한 살육은 다들 그만하자고 말이야."

"……알겠습니다. 우선 사실 확인부터."

"그래, 부탁하지."

샬레이나가 매듭을 지었다.

빙빙 돌려서 말하는 성가신 대화가 드디어 끝난 모양이다. 실례하겠습니다, 하고 고개 숙여 인사한 다음 구둣발 소리를 내며 발걸음을 돌렸다. 그런데 그때 등 뒤로 샬레이나의 목소리가 날아들었다.

"『도망치는 날개 이브』는 체포했나?"

엘의 발걸음이 멈췄다. 섬세한 비단실 같은 흰 머리카락을 찰랑이며 뒤를 돌아보았다.

어젯밤의 굴욕과 함께 엘은 가볍게 입술을 짓씹었다.

"죄송합니다, 아직……."

"좋아. 혼내려는 게 아니야. 다만 완전히 자취를 감추기 전에 반드시 체포하도록."

그 지시를 듣고 엘은 고개를 갸웃했다.

샬레이나가 기껏해야 경범죄나 저지르는 악마 따위한테 이 정도로 관심을 보이다니 드문 일이다. 엘은 뭔가 이유가 있는 거냐고 물어보려고 했지만 그러기 전에 마치 질문을 미리 차단하는 것처럼 샬레이나가 말을 이었다.

"이 세상은 평등하지 않아."

그러니까 악마는 반드시 붙잡으라는 뜻인 걸까?
그렇게 짐작하면서 이어질 말을 기다렸는데. 이번에는 정말로 얘기가 여기까지라는 듯이 샬레이나가 등을 돌렸다. 다시 한번 고개를 숙여 인사하고서 엘은 방을 나갔다. 하지만 문이 닫히기 직전에 샬레이나의 목소리가 희미하게 귓가에 닿았다.

"여왕의 영광은 오직 우리 곁에만 함께한다."

* * *

푸드덕 푸드덕, 몇 마리쯤 되는 박쥐가 날아올랐다.
아직 한낮인데도 주변은 어슴푸레했다.
이어진 길의 너머, 엘 앞에는 바위산이 자리하고 있었다. 바위 하나하나가 첨탑처럼 날카롭고, 성당처럼 묵직하게 우뚝 솟아 있었다. 바위 그림자 탓에 주변 일대가 회색빛으로 가득할 정도였다.
"여기까지면 됐어…… 세워 줘."
산으로 이어지는 사유지에 들어서기 전에 엘은 마차에서 내렸다.

본부에서 지급받은 승차권 뭉치를 내밀었다. 말도 마부도 필요 없는 자율 주행 마차는 승차권 두 장을 받더니 바퀴를 빙글돌려 거친 길을 따라 멀어져 갔다. 인간들의 마차를 탔다면 한 장만 냈어도 됐겠지만 어쩔 수 없는 일이다. 왜냐하면 초식동물들은 이 산 근처에 다가오지 못하기 때문이다. 다가오지 못할 뿐만 아니라 지금 눈앞에 있는 이 산에는 사슴도, 말도, 토끼나 들쥐조차도 없다. 바위산에 사는 동물은 박쥐와 늑대와 독사와 마수들뿐. 『그녀』가 여기에 자리 잡은 뒤부터 여우들마저 겁을 먹고서 보금자리를 버리고 떠났다고 한다.

"……나 참. 변함없이 오는데 불편하고, 불길하고, 정말 외진 곳이야."

엘은 불만을 쏟아냈다. 그리고 근처에 세워진, 바위산에 커다랗게 박혀 있는 저택을 올려다보았다.

마치 옛 고성처럼 장엄하고 고풍스러운 건물이었다. 바위로 만들어진 검은 벽면 중앙에는 근사한 장미 창문이 조각되어 있었다. 창문을 장식하는 스테인드글라스는 붉은색. 마치 유리로 만든 꽃이 피어있는 것처럼 느껴진다. 하지만 기묘하게도 그것 말고는 창문이 단 하나도 없었다. 저택 좌우에 세워진 두 개의 탑 꼭대기에는 종이 달려 있다고 들었다. 하지만 엘은 그 종이 울리는 걸 지금까지 한 번도 들어본 적이 없다.

"자, 그럼."

어깨를 으쓱하고서 저택을 향해 다가갔다.

저택 앞에는 철책처럼 생긴 문이 있지만 문은 열려 있었다. 당연한 일이다.

문을 닫아 놓을 필요가 없기 때문이다. 왜냐하면 이곳은『지나가는 게 불가능』하니까.

"……그렇다 해도 지나갈 거지만."

작게 중얼거리면서 엘은 양손을 펼쳤다. 조그맣게 기원하자 손가락 사이에 빛무리가 퍼진다. 어젯밤의 피로는 무사히 회복된 상태였다. 소모가 심한 박격포는 힘들겠지만 권총 정도는 문제없이 불러낼 수 있다.

그 점을 확인하고서 당당하게 문을 통과했다.

순간 엘은 조용히 눈을 감았다.

부드럽게 왼손을 들어 올린 다음 꽉 쥐자, 손바닥 안에 거짓말처럼 나이프 한 자루가 쥐어져 있었다. 날아든 나이프를 눈에 보이지도 않는 속도로 잡아챈 것이다. 이어서 엘은 톡, 하고 오른발 부츠 끝을 돌바닥에 두드렸다. 그 충격을 통해 부츠에 숨겨둔 칼날이 튀어나오자마자 전방을 향해 발을 휘둘렀다. 빠른 발차기에 금속이 부딪치는 소리가 한데 섞였다.

창날 끝과 부츠에 숨겨둔 칼날이 맞부딪쳤다.

"엇차."

"제법이군요."

어느새 나타난 걸까, 메이드 복장을 한 소녀가 창을 내밀고 있었다. 푸른빛이 섞인 회색 머리카락 사이로 보이는 얼굴은 인위적으로 만들었나 싶을 정도로 아름다웠다. 은색과 푸른색의 눈이 보석처럼 빛났다. 하지만 동시에 표정은 인형과도 같이 딱딱했다.

엘은 오른쪽 발에 힘을 넣었다. 꾹, 하고 힘주어 밀어낸 다음 창날을 걷어찼다. 덕분에 메이드가 든 창은 밀쳐낼 수 있었지만 살짝 균형을 잃고 말았다. 그 틈을 놓치지 않고 나이프 몇 자루가 왼쪽에서 날아들었다. 엘은 이미 오른손으로 불러둔 권총을 겨눠 나이프를 전부 요격했다.

총탄과 칼날이 부딪치며 불꽃이 튄다.

이번엔 다른 방향에서 나이프가 날아왔다.

두 방향에서 습격해 오는데도 동요하는 기색 없이 엘은 인사를 건넸다.

"오랜만이잖아, 시안 페드린, 에틸 프롤."

대답은 들리지 않는다. 그래도 계속 숨어있던 또 한 사람——나이프를 던진 사수——도 모습을 드러냈다. 이쪽은 붉은빛이 섞인 회색 머리카락이었다. 마찬가지로 은색과 붉은색 눈동자는 보석처럼 아름다웠다. 거기에 더해 귀여운 검은색 리본이 눈에 띄었다. 입가에는 장난기 넘치는 웃음이 가득하다.

메이드 두 사람은 똑 닮은 외모였지만 차이점도 명확했다.

한쪽은 따분해 보이고, 한쪽은 즐거워 보인다. 한쪽은 차가운 무표정이고, 한쪽은 따뜻한 미소를 짓고 있다. 한쪽이 유리 같다면 한쪽은 설탕 과자 같다. 쌍둥이처럼 보이는데도 정반대였다.

신비한 인상을 가진 메이드들 앞에 서서 엘은 작게 속삭였다.

"너희 주인한테 볼일이 있거든. 지나가게 해줬으면 하는데?"

"허가는 받으셨습니까?"

"허가는 받았고?"

노래하듯이 시안과 에틸이 물었다. 시안은 진지하게, 에틸은 달콤하게.

엘은 어깨를 으쓱했다. 그리고 가늘게 한숨을 내쉬며 말했다.

"안 받았어…… 억지 부리지 말아 줘. 너희들한테 사전에 연락할 방법이 없는걸."

"그렇다면 포기하세요. 이 문을 지나는 자는."

"허가가 없으면 시체가 될 줄 아세요."

시안이 창을 겨누고 에틸은 여러 개의 나이프를 손가락 사이에 끼우듯 잡았다.

정문의 경비가 이 두 사람의 역할이다.

그렇다곤 하나 지나칠 정도로 꽉 막혔다.

질렸다는 듯이 엘이 고개를 흔들었다. 하지만 불만을 토해내는 대신 아까 왼손으로 잡아챈 나이프를 대충 휙 던졌다. 빙글빙글 돌면서 날아간 나이프가 땅을 향해 떨어진다.

포장된 돌바닥 틈 사이에 나이프가 쑥 박혔다.

그 순간 엘은 왼손에도 총을 불러냈다. 두 자루 총구가 제각각 메이드를 겨눈다.

동시에 메이드들도 움직임을 개시했다. 양쪽에서 협공할 작정이다.

그런데————.

"이제 충분해. 그만하도록 해, 시안, 에틸."

방울 소리 같은 미성이 울려 퍼졌다. 가련하고, 서늘하고, 작은데도 당당함이 느껴지는——아름다우면서도 절대적인—— 명령을 내리는 자의 목소리였다. 말이 떨어지자마자 메이드들은 지금까지 아무 일도 없었다는 것처럼 전투를 멈췄다.

"주인님."

"아가씨."

시안은 경의를 담아, 에틸은 애착을 담아 불렀다. 배에 손을 대고서 두 사람 다 자세를 바로잡았다. 그런 다음 부드럽게 치맛자락을 잡고서 흠잡을 데 없는 완벽한 자세로 메이드식 인사를 올렸다.

엘 또한 망설이는 기색 없이 총구를 내리고서 목소리를 낸 사람을 향해 시선을 돌렸다.

"너 말이야, 매번 메이드한테 공격하라고 시키는 것 좀 그만해 줄래? 시간 낭비야."

"무슨 소리야. 낭비하는 시간이야말로 즐거움인걸. 그렇잖아?"

시라도 낭독하는 듯한 통통 튀는 목소리로 작은 소녀가 대답했다.

은색 머리카락과 피처럼 붉은 눈동자를 가진 조그마한 어린애였다. 그런데도 비싼 천으로 만든 얇고 검은 드레스로 치장된 몸에서는 백 년 혹은 천 년씩이나 되는 시간을 살아온 자만이 가질 수 있는 고귀함을 물씬 풍기고 있었다. 겉으로 보이는 외모와는 모순된 분위기가 몹시도 불길했다. 등에는 하얗고 나긋나긋한 날개가 돋아나 있었다. 손에 든 양산을 빙글빙글 돌리며 손가락 끝으로 쇠사슬을 잘그락거렸다.

쇠사슬 끝에 묶여 있는 사람을 보면서 엘이 말했다.

"너도 참 큰일이겠네, 하츠네."

"시끄러. 넌 나한테 상관하지 마."

밝은 핑크색 머리카락을 가진 소녀가 대답했다. 이쪽은 키가 크고──부상이라도 입은 건지── 몸 여기저기에 거즈와 붕대를 감고 있었다. 새하얀 원피스를 입은 모습은 덧없는 인상을 주었다. 그러면서도 비취색 눈동자에선 타인의 동정을 거부하는 고집스러운 가시가 느껴졌다. 하츠네라고 불린 소녀는 동정을 부르는 모습으로 고개를 휙 돌렸다.

소녀 목에 채워진 개 목걸이에 이어진 쇠사슬을 당기며 앳되고도 고귀한 소녀가 미소를 지었다.

"그래서 엘. 이 노아한테 무슨 볼일일까?"

사악한 흡혈귀, 노아.
고귀한 흡혈귀, 노아.

그녀가 바로 엘의 지인인 흡혈귀였다.

* * *

"많은, 많은 시체라…… 알고 있어."

"그렇다는 건 역시 너희들이 벌인 짓이야?"

예사롭지 않을 정도로 푹신한 데다 빈틈없이 자수까지 새겨진 훌륭한 소파에 앉은 엘이 물었다. 그러는 동안 시안이 홍차를 가져왔다. 검은 광택을 내는 탁자 위에 장미꽃 장식이 새겨진 컵과 받침대가 놓인다. 엘의 차는 잼이 들어간 홍차, 노아 쪽은 혈액이 들어간 홍차다.

붉은 홍차가 담긴 찻잔을 기울이면서 노아는 소곤거리듯 말했다.

"그 의견에는 흡혈귀를 향한 편견이 담겨있는 거 아냐? 그런 기품이라곤 찾아볼 수 없는 단순한 시체를 우리가 만들기라도 했다는 거야? 너도 죽고 싶어? 죽고 싶은 걸까?"

"너랑 너희 동료들로 한정 짓는다면 그렇겠지. 하지만 하등 흡혈귀의 폭주일 가능성도 있어…… 나는 그럴 가능성이 높다고 보는데?"

"그건 있을 수 있겠네. 엘은 똑똑하다고 해도 되겠는걸. 두뇌 회전이 빠른 애는 좋아해. 되바라진 모습이 귀여워."

노아는 느긋한 태도로 미소를 지었다. 아무런 소리도 내지 않고서 찻잔을 컵 받침에 내려놓는다.

타이밍 좋게 이번엔 에틸이 설탕으로 장식된 장미꽃 모양 컵케이크를 가져왔다. 노아가 자기 앞에 놓인 케이크를 포크로 자르자, 안에서 붉은색 액체가 걸쭉하게 흘러나왔다. 저것도 피가 들어간 거겠지.

입맛이 떨어지는 걸 느끼면서 엘이 대답했다.

"그런 소리 하지 마. 무섭다고."

"하츠네보다는 덜하니까 안심해."

노아는 컵케이크를 도려내면서 다시 한번 웃었다.

엘은 응접실 구석을 보았다. 금색 늑대 모피 위에 벌렁 드러누운 채, 하츠네는 지루한 듯이 다리를 흔들며 놀고 있었다. 그야말로 덧없음과 퇴폐와 체념의 상징이다. 가느다란 목에는 쇠사슬이 달린 가죽제 개 목걸이가 채워져 있다. 흡혈 공주의 애완동물은 오늘도 붕대를 칭칭 감고서 키워지고 있었다.

엘이 저도 모르게 중얼거렸다.

"너는 정말로 하츠네를 좋아하는구나?"

"귀여운 애완동물인걸. 게다가 맛있기까지 하니까 깨무는 보람이 있어."

"하츠네가 불쌍해."

"시끄러. 나한테 상관하지 말라고!"

날카로운 목소리가 울렸다. 불쾌하다는 듯 말하고서 하츠네는 엘한테서 등을 돌렸다. 그 모습은 애완동물이라기보다 고집 센 귀족 아가씨 같았다. 손님을 향한 무례를 보고서 노아가 손가락을 딱 튕겼다. 그러자 에틸이 멋진 웃음과 함께 재빠르게 날아가 하츠네를 거위 깃으로 간지럽히기 시작했다.

그만, 그거 그마안, 아하핫, 하핫, 하고 시끄러운 웃음소리가 울려 퍼지는 동안 엘이 다시 이야기를 원점으로 돌렸다.

"자, 그래서 결국 하등 흡혈귀가 벌였을 가능성이 있어?"

"없어."

"없어?"

"노아는 가난한 자든, 약한 자든, 어리석은 자든, 모든 흡혈귀를 확실히 감시하고 있어."

공주님이 단언했다. 그 말에 엘이 씨익 웃었다. 흡혈귀들은 고립을 좋아하는 종족이다. 그런 동족들의 동향을 빠짐없이 파악할 수 있다는 사실이 이 소녀가 그만큼의 강자임을 증명하고 있었다.

우아하면서 나른한 목소리로 노아가 입을 열었다.

"누구 하나 빠짐없이 조용해. 지금 연이어 일어나고 있는 살인은 흡혈귀와는 별개야."

"범인은?"

"거기까지는 몰라, 하지만…… 그렇지. 선물 정도는 주도록 할까."

노아는 기품 있게 컵케이크를 입으로 가져갔다. 마지막 남은 한 조각으론 접시 위에 흘러내린 신선한 붉은 액체를 훔쳤다. 엘은 인내심을 가지고 이어질 말을 기다렸다. 입가심으로 홍차를 한 모금 마신 다음 노아가 말을 이었다.

"예를 들자면, 그래…… 너, 슬럼가 담당이 됐다면서?"

"그걸 어떻게 아는 거야?"

"글쎄…… 나한텐 눈도 귀도 많으니까."

별일 아니라는 듯이 노아가 대답했다.

엘은 무심코 혀를 찼다. 흡혈 공주는 연약한 동포들과 짐승, 박쥐들로부터 정보를 얻고 있다. 천사 경찰은 갖지 못한 특기다.

직접 발로 뛰어서 정보를 모아야 하는 엘 입장에선 부럽기 짝이 없는 일이었다.

그런 엘의 복잡한 심경이야 아랑곳하지 않고 노아는 시원스레 얘기를 계속했다.

"그쪽은 특히나 위험해. 주의해야 해…… 슬슬 크게 한번 움직일 것 같은, 마치 파도와도 같은 기척이 어둠 속에 있으니까."

"구체적으론?"

"그건 아직 누구의 눈에도 보이지 않아."

그래서 대답할 수 없다며 노아는 작게 고개를 좌우로 저었다.

이 흡혈귀도 만능은 아니라는 거다. 입가를 누르며 엘은 생각에 잠겼다.

"……슬럼가라."

확실히 인간 피해자는 전부 빈민뿐이었다. 동료가 작성한 보고서에는 범행 현장에 대한 정보조차도 빠져있었지만, 희생자 대다수가 주변 일대에서 나왔을 가능성이 높다. 주의를 기울일 필요가 있겠지.

이어서 엘의 눈이 가늘어졌다.

옅은 보라색 눈동자와 체조 리본 같은 긴 머리카락이 머릿속에 떠올랐다.

이브는 슬럼가를 근거지로 삼고 있다.

지금 그곳은 위험하지 않을까.

(……그래서 뭐가 어쨌다는 거야. 나도 참.)

"저기, 엘?"

"왜?"

"너는 행복해?"

"뭐어?"

엘은 뜬금없는 물음에 당황했다. 수상쩍다는 듯 부드러운 붉은 눈동자를 가늘게 뜨고서 눈앞에 있는 상대를 응시했다.

그런데 노아는 바로 고개를 좌우로 저었다. 그러더니 바로 말을 바꾼다.

"이게 아니지. 더 적절한 질문으로 고쳐볼까…… 너는 지금 즐거워?"

"즐거울 리가 없잖아. 여전히 주변에는 멍청이들뿐이야."

"그래. 하지만 얼마 전의 싸움은 즐거워 보였어."

칫, 하고 혀를 찼다. 슬럼가에 사는 까마귀의 눈으로 지켜봤던 거겠지. 그건 둘째치고 그 싸움에서 엘은 표적을 놓치고 말았다. 즐거울 리 있겠냐. 그렇게 쏘아붙이려다가 엘은 문득 입을 다물었다.

눈물 젖은 눈으로 자기를 바라보던 모습을 떠올린다. 하얀 달빛 아래, 온 힘을 다해 서로 가진 패를 겨룬 다음 두 사람은 진지하게 서로를 마주 보았다. 마치 함께 격렬한 댄스라도 춘 것처럼.

툭하면 눈물이 그렁그렁 맺히는 울보 주제에 『도망치는 날개 이브』는 제법 근성이 있었다.

이 정도로 온 힘을 다해 맞부딪혔던 건 오랜만이라는 느낌이다.

듣고 보니 확실히.

즐거웠다는 생각도 든다.

"즐거운 일은 계속하는 게 좋아. 노아는 그렇게 생각해."

"그래서 하고 싶은 말이 뭐야?"

"글쎄, 그걸 고민해야 하는 건 엘의 몫."

"……그만 갈게. 정보 고마워."

퉁명스러운 태도로 엘은 자리에서 일어났다.

그와 동시에 웃음소리가 멈췄다. 고개를 돌리니 배를 움켜쥔 채 하츠네가 거품을 물고 있었다. 그런 하츠네의 뺨을 에틸이 쿡쿡 찌르는 중이다. 두 사람의 모습을 지켜보면서 노아는 기분 좋게 고개를 끄덕였다.

거의 매일 벌어지는 광경이지만 보는 사람이 어이없어지는 꼴이다. 어깨를 으쓱이고서 엘은 그만 방을 나서려고 했다.

그런데 문을 향해 몸을 돌렸더니 시안이 서 있었다. 은색과 청색의 두 눈동자가 자길 보는 엘의 시선을 똑바로 응시했다.

"……뭐야?"

"컵케이크입니다. 가져가세요."

"고마워."

붉은 리본으로 장식된 상자를 받아들었다. 안에서 갓 구운 디저트의 냄새가 풍긴다.

우아한 포즈로 노아가 손을 흔들었다.

흡혈 공주는 결코 친구라고는 생각할 수 없는 말을 건넸다.

"─────그럼 안녕. 잘 지내도록 해, 엘."

당신이 이 문을 지날 수 있는 강자로 있는 한, 다시 만나자.

수많은 머리가 달린 짐승이 어둠 속을 질주한다.

비명을 지르며 인간 소녀가 도망친다.

그리고 번쩍, 하고 성스러운 빛이 어둠을 가르며——.

"왜 너는 이틀 연속으로 똑같은 짓을 반복하는 거야?! 바보야?!"

"그치만 배가 고프다고요. 꼬르륵거려요. 못 본 척해주세요—."

천사 엘의 성난 목소리에 악마 이브가 대꾸했다.

인간 소녀는 진즉에 도망가 버린 상태였다. 엘은 본부에 귀환해서 서장에게 보고를 마친 다음 정찰도 할 겸 슬럼가에 온 참이었다. 그러자마자 바로 이브를 맞닥뜨렸다. 흔한 저급 악마면 또 모를까, 이브처럼 맹한 구석이 있는 여자애는 사소한 일로 목숨을 잃을 수도 있다. 이브가 무사한 모습을 보고 자기도 모르게 안도감을 느꼈다. 물론 무사한 모습을 확인하고서 안심할 만한 사이도 아니지만. 거기까지 생각한 순간 왠지 모르게 열이 뻗쳐서 엘은 권총을 뽑았다.

그런 과정을 거쳐 지금에 이른다.

"오늘 밤에야말로 각오해!"

"살려주세요—!"

두 사람은 우당탕탕 추격전을 계속했다. 쫓아가면서 엘은 한

번씩 총을 쏴주는 걸 잊지 않았다. 이브는 멍청하지만, 아직 도주용 마수── 발이 빠른 『데첼』을 남겨두고 있다. 방심할 수 없는 상대다. 게다가 아직까진 빈틈도 보이지 않는다. 여유를 줘선 안 된다는 점을 유념하면서 조금씩 거리를 좁혔다.

"그냥 보내주시면 감사드릴 테니까요!"

"하나도 안 기뻐!"

"정말 엄청 감사드릴 테니까요!"

"안 기쁘다니까! 이제 조금만 더…….."

엘의 하얀 손이 이브의 연보랏빛 머리카락에 닿았다.

그런데 바로 그 순간이었다.

"………………………으윽."

목소리가 들렸다.

애처로운 신음이.

"지금 목소리는 뭐지?"

"제, 제가 낸 게 아니에요!"

엘과 이브는 황급히 멈춘 다음 서로의 얼굴을 마주 보았다.

그리고 누가 먼저 할 것 없이 똑같은 동작으로 광장으로 이어지는 길을 향해 휙 시선을 돌렸다.

어둠 속에서 터벅터벅 걷는 소리가 들린다. 넝마 차림에 맨발인 채 포장된 길을 걸어오는 인간이 모습을 드러냈다. 에이 뭐야, 하고 엘이 참았던 숨을 토해냈다. 아마 떠도는 거지나 비렁뱅이겠지.

어둠 속에서 빛을 발견하고는 뭐라도 얻을 수 있을까 싶어서 다가온 건가.

엘은 과장되게 어깨를 으쓱했다.

"미안하지만 먹을 건 안 가지고 있어…… 윽!"

순간 엘은 본능적으로 총구를 겨눴다.

인간한테서 녹슨 철의 냄새가 풍겼기 때문이다.

틀림없다. 이건 피 냄새였다.

"…………뭐야?"

"끄극…… 아악."

삐걱, 하고 상대방의 머리가 이상한 각도로 뒤틀렸다.

비쩍 마른 남자였다. 얼굴에는 수많은 상처가 나 있었다. 깊고 복잡하게 찢어진 상처 탓에 피부는 너덜거렸고, 그 아래 근육과 지방이 그대로 보였다. 거기서 나온 피가 줄줄 흘러 얼굴을 적시고 있다. 안구를 적신 뒤 입가까지 흘러내린 끈적이는 피로 입술의 주름이 메워질 정도다.

잔혹한 사실을 깨달았다. 이건 평범한 상처가 아니다.

변이의 저주가 새겨진 나이프로 만들어 낸 상처다.

"엘 씨, 위험해요! 물러나세요!"

"바보야, 사선 앞에 서지 마!"

보호하려는 듯이 이브가 앞으로 나서서 양팔을 펼쳤다. 의외의 모습에 엘은 눈을 깜빡였다.

이 틈을 타서 도망치면 될 텐데. 겁쟁이인 주제에 이상한 악마다. 게다가 이브는 뭘 하려고 했지? 그 대답을 알면서도 엘은 혼란스러웠다. 지금 이브는 엘을 감싸려고 했다.

천사들조차 엘을 도우려고 하지 않는데.

(어째서 악마가?)

그런 생각을 하면서도 엘은 행동에 나섰다. 우선은 싸울 힘이 없는 이브를 자기 등 뒤로 숨겨 보호했다. 그러는 동안에도 저주에 걸린 인간의 몸은 점점 일그러지고 있었다.

얼굴에서 더 많은 피가 흘러나온다. 저주가 붉게 빛나기 시작했다. 마력으로 인한 빛이 내장과 뼈까지 침식해 들어가더니 그물 같은 무늬로 뒤덮였다. 아마 고통 탓이겠지, 그는 비명을 내질렀다.

"윽, 아아아아아아아아아, 끅, 끄륵, GRYYYYYYYYYYY."

"큭."

"으왓."

부욱, 하고 인간의 피부가 갈라졌다. 거기서 멈추지 않고 갈라졌던 피부는 튕겨 나갈 듯한 기세로 확 벗겨졌다. 피부 아래서 드러난 근섬유가 팽창하면서 변질—— 표면이 비늘로 뒤덮이기 시작했다. 뼈 일부는 쭉 길어지면서 꼬리로 변했다. 손끝을 뚫고 흉악한 손톱이 자라난다. 생생한 소리와 함께 혀가 세로로 갈라졌다.

엘은 이브가 앞으로 나서지 못하도록 막았다.

이브는 몹시도 애처로운 모습으로 덜덜 떨었다.

마침내 끔찍한 변이가 끝났다.

두 사람 앞에는——도마뱀을 닮은 기괴한 괴물이 서 있었다.

* * *

『끅, 끄륵, GRYYYYYYYYYYYYYYYYYYYYY!』

쿵, 쿵, 쿵, 무거운 발소리를 내면서 괴물이 달려들었다.

저건 원래 인간이다. 하지만 엘은 조금도 망설이지 않았다.

도마뱀의 붉은 눈동자에선 이성이 느껴지지 않는다. 괜한 자비심을 발휘해 봤자, 저 녀석의 먹이가 되는 결말을 맞이할 뿐이다.

『끼익!』

"용서해라!"

길쭉하게 튀어나온 파충류의 턱 밑에 총구를 가져다 대고 격발. 푸슉, 하고 둔탁한 소리가 났다. 탄환이 그대로 도마뱀의 후두부를 관통하며 뇌수를 흩뿌렸다. 어둠을 향해 짙은 붉은색 선혈이 성대하게 튄다. 그런 중상을 입고도 도마뱀은 여전히 움직였다. 거대한 왼손을 휘두른다.

엘은 손에 든 권총으로 날아드는 손톱의 옆면을 때려 공격을 흘렸다. 단단한 외피를 때린 탓에 팔이 저릿했다.

그러는 사이 이번엔 도마뱀이 오른손을 내리쳤다. 사신의 낫을 연상시키는 손톱이 빛을 번뜩이며 엘에게 닥쳐든다.

"큭!"

"에잇!"

쑤욱― 하고 옆에서 무언가가 튀어나와 도마뱀의 몸을 때렸다.

뭔가 하고 봤더니 이브의 날개였다. 제법 묵직한 타격이었던 덕에 도마뱀이 휘청이며 넘어졌다. 보아하니 이미 한계에 다다른 지 오래였던 것 같았다. 넘어진 채로 몇 번인가 부들부들 경련하더니 이내 움직임이 멎고 조용해졌다.

광장 보도블록 위에 끈적한 피가 천천히 퍼져 나간다.

엘은 후우 한숨을 내쉬었다. 이브 쪽으로 몸을 돌려 응, 하고 고개를 끄덕이면서 솔직하게 칭찬해 주기로 했다. 칭찬받을 만한 가치가 있는 행동을 한 사람에겐 칭찬해 주는 게 엘의 주의였다.

"제법이잖아, 너."

"가, 감사합니다."

"그건, 그렇고…… 괴물로 변하게 하는 불가역적 변이의 술이라니, 이 인간이 자기가 원해서 그런 저주를 새겼을 것 같지는 않아. 대체 누가…….

거기까지 말하고서 엘은 말을 멈췄다.

귀가 묘한 소리를 감지했기 때문이다.

저벅저벅, 뚜벅뚜벅, 터벅터벅, 인간들이 걸어오는 소리였다. 정신을 차리고 보니 슬럼가의 빈민들이 지금 두 사람이 있는 광장 주변을 포위하고 있었다. 남녀노소를 가리지 않고 공허한 표정이었다.

이마부터 아래쪽은 생생한 붉은빛으로 적셔져 있었다. 피가 아래로 뚝뚝 떨어진다. 참혹하고 끔찍하게도 한 사람도 빠짐없이 변이의 저주가 각인되어 있다. 퍼엉, 하는 소리와 함께 풍선이 터지는 것처럼 피부가 떨어져 나간다.

추악한 변화가 시작됐다.

너무도 흉측한 광경에 이브는 떨리는 목소리로 비명을 질렀다.

"이, 이건."

"지금은 생각하지 마! 도망칠 수밖에 없어!"

"이 사람들은 원래대로 돌릴 수 없는 건가요?"

"해주할 방법이 있었다면 아까 그 도마뱀부터 해주했어!"

무게중심을 낮추고 앞으로 달렸다. 표적은 이미 정했다.

엘은 망설임 없이 어린애를 노렸다.

양손에 든 권총으로 식욕에 번들거리는 도마뱀의 눈알을 쐈다. 비교적 체구가 작은 도마뱀은 시력을 잃고서도 발버둥을 쳤다. 그 얼굴에 엘의 발차기가 작렬했다. 도마뱀이 뒤로 나동그라지자 몸을 밟고 그대로 달렸다.

울먹이는 목소리로 죄송해요, 죄송해요를 연발하면서 이브도 뒤를 따라왔다. 하지만 광장을 빠져나왔는데도 골목골목마다 자꾸만 새로운 도마뱀들이 나타난다. 빠르게 턱을 걷어차자 가느다란 혀가 허공을 훑었다.

엘은 짧게 혀를 찼다. 마치 악몽에 빠진 느낌이다. 도무지 끝이 없다.

두 사람은 마침 근처에 있던 쓰레기의 산을 목표로 삼았다. 엘은 더러움에 진저리를 쳤고, 이브는 금방이라도 미끄러질 것처럼 위태위태하면서도 어제 그랬듯이 꼭대기까지 오르는 데 성공했다. 쓰레기 산 옆 건물의 기와로 덮인 지붕 위에 올라 엘은 손을 탁탁 털었다.

그러고는 눈앞의 광경을 보고서 숨을 삼켰다.

"……말도 안 돼."

"설마 있는 건가요?"

그곳에도 사람의 그림자가 비틀거리고 있었다. 마른 남자가 천천히 뒤로 돌았다. 이마는 역시 붉게 물들어 있다.

저주에 당한 희생자의 숫자를 생각하고는 엘은 저도 모르게 중얼거렸다.

"헉…… 대체 얼마나."

"『우누스』, 『두오』, 『트리아』……."

"소환?! 그야 그것도 나름의 방법이기야 하겠지만…… 아니, 잠깐만. 대체 얼마나 불러낼 생각이야……."

"『데쳄』!"

말릴 새도 없이 9마리 전부 소환을 끝낸 다음 이브는 10번째 소환수의 이름을 외쳤다.

지붕 위에 다 올라오지 못한 마수들이 굴러떨어지는 와중에 검은 안개가 소용돌이쳤다. 그리고 안개가 걷혔을 때 그 자리엔 야윈 늙은 개가 나타나 있었다. 아무런 위해도 주지 못할 것 같은 표정으로 혀를 내밀고 헥헥대고 있다.

엘은 그때 번뜩 깨달았다. 보아하니 이브의 짐승은 소환하는 순서가 정해져 있는 모양이다. 그리고 간신히 불러낸 도주용 마수에 올라타면 이브는 혼자서도 어떻게든 여기서 탈출할 수 있다. 체포는 또 실패하게 되겠지만 어쩔 수 없지. 오늘 밤은 긴급 사태니까. 봐주기로 하자.

엘이 거기까지 생각을 마쳤을 때였다. 이브는 망설이지 않고 크게 외쳤다.

"뒤에 올라타세요!"

"너…… 바보야?"

무심코 그런 말이 튀어나왔다. 악마가 천사를── 범죄자가 경찰을 도우려고 하다니 멍청함의 수준을 넘었다. 게다가 이브 입장에서 보면 뛰어난 경찰이자 성가신 상대인 엘이 여기서 죽어주는 편이 나을 터였다.

동료들조차 앞서 나가는 사람이 있으면 배척하고 본다. 제일 심했을 때는 엘이 마시는 차에 독이 들어있었던 적도 있다. 깔깔대며 비웃는 소리를 들으며 엘은 자기 힘으로 의무실까지 기어가야 했다.

눈에 거슬리는 상대는 사라지는 편이 낫다. 누구나 그렇게 생각하겠지.

하물며 그게 적이라면 더더욱.

그럴 터인데도 이브는 주저 없이 하얀 손을 내밀었다. 엘을 향해 서두르라고 외친다. 그 자수정 눈동자 속에는 상대방을 돕고 싶다는 올곧은 소망만이 별처럼 반짝이고 있었다.

이브가 필사적으로 연이어 외쳤다.

"엘 씨, 어서요!"

천사한테서도 찾아볼 수 없을 법한 순수함.

엘은 자기도 모르게 입술을 꽉 깨물었다. 하지만 이내 고개를 털어내며 대답했다.

"알겠어. 신세 좀 질게."

여기서 아웅다웅 다퉈봤자 상황이 불리해질 뿐이다. 이브의 힘을 빌리기로 결심이 서자 엘은 즉각 행동을 개시했다. 이브의 손을 잡고서 그녀 뒤에 자리를 잡는다. 늙은 개의 등에 올라타고서 맨살이 드러난 허리를 꽉 껴안았다.

간지러웠던 걸까, 이브는 햐앗, 하고 작게 비명을 질렀지만 금방 정신을 차리고 정면을 바라보았다.

"『데쳄』 달려! 다른 애들은 추격을 막아줘!"

늠름하게 척척 지시를 내렸다. 지붕 위에 남아있던 소환수들이 제각각 흩어졌다.

피융, 하고 늙은 개가 달리기 시작했지만 어제보다 확연하게 속도가 줄어든 게 보였다. 중량 초과다. 이브는 으으, 하고 울상을 지었다. 뒤쪽에서 오는 추격은 다른 소환수가 막아주고 있다. 그러나 전방에서도 도마뱀들이 다가온다. 그중 한 마리가 팔을 휘둘렀다.

이브는 닥쳐올 충격에 대비해 눈을 감았지만, 공격이 날아오기 전에 팔을 휘두르려던 도마뱀의 미간에 구멍이 뚫렸다. 한 박자 뒤에 피가 뿜어져 나왔다.

엘이 쏜 충격 덕분이었다. 엘은 좌우를 경계하면서 날카롭게 말했다.

"『데쳄』한테 계속 달리라고 해. 어제보다 속력이 느리긴 하지만 우리가 두 발로 뛰는 것보다는 훨씬 빨라. 이거라면 포위망을 뚫을 수 있어."

"네, 넵, 알겠습니다!"

"가로막는 녀석들은 내가 쏘겠어!"

이브의 조종에 따라 『데쳄』이 달렸다. 전방을 가로막는 그림자 사이사이를 누비듯이 요리조리 빠져나갔다.

가까이 접근하는 적이 있으면 엘이 즉시 총구를 겨눴다. 일격에 죽이는 것보단 다가오지 못하도록 저지하는 데 중점을 두고 탄환을 발사했다. 재빠르게 표적을 바꿔가며 머리를 쏘고, 시야를 빼앗고, 괴물들의 발을 묶었다.

얼마나 시간이 지났을까.

정신을 차리고 보니 적들의 추격이 멈춰 있었다. 주변 거리의 풍경도 슬럼가가 아니라 잘 정돈된 거리로 바뀌었다. 일정한 간격을 두고 세워진 건물들을 보면 슬럼가에 지어진 집들과는 확연하게 차이가 났다. 주위를 둘러본 엘은 꽤 거리를 벌린 만큼 여기까지 왔으면 더 이상 적이 쫓아오지 않을 거라고 판단을 내렸다.

휴우, 가는 한숨을 토해냈다. 겨우 마음을 놓을 수 있었다.

둘이서 무사히 포위망을 돌파하는 데 성공했다. 그때 이브가 곤혹스러운 목소리로 입을 열었다.

"앗…… 어디로 갈까요? 저는 먼 곳에서 왔기 때문에 슬럼가 말고는 인간들이 거주하는 거리는 잘 몰라요."

"천사 경찰 본부로."

"천사 경찰 본부?!"

엘의 한마디에 이브는 겁에 질려 외쳤다. 그래서야 마치 닭이 자기 발로 펄펄 끓는 냄비에 들어가는 꼴이다. 범죄자 신분인 악마 입장에선 이보다 무서울 수가 없는 제안이겠지.

하지만 엘은 신경 쓰지 않았다. 더없이 자연스러운 어조로 날카롭게 지시를 내렸다.

"왜? 그곳보다 더 안전한 곳은 없어. 긴급사태니까 어서 서둘러!"

"으으으, 알겠습니다…… 엘 씨를 믿을게요."

『데쳄』은 천사 경찰 본부 쪽으로 머리를 돌렸다. 두 사람은 슬럼가에서부터 계속 지붕 위를 타고 이동하는 중이었다. 하지만 슬럼가가 아닌 일반 거리는 건물의 간격이 그렇게까지 딱딱 붙어 있지 않았다. 건물 사이를 뛰어넘기 위해 소환수가 높게 지붕을 박찼다. 바람이 엘과 이브의 뺨을 쓰다듬는다. 흰색과 연보라색 머리카락이 공중에서 아름답게 춤을 추었다.

여전히 보름달에 가까운 달에 두 소녀의 그림자가 비친다.

개의 등에 올라탄 두 사람은 마치 옛날이야기의 한 페이지처럼 달렸다.

그렇게 본부에 도착.

엘은 이브를 감옥에 넣었다.

＊ ＊ ＊

"대체 어째서인가요?!"

"그야 당연히 이렇게 되지."

감옥의 창살을 붙잡고 이브가 애처롭게 외쳤다. 한편 엘은 그저 어깨를 으쓱할 뿐.

이브가 울먹이는데도 훗, 하고 코웃음 한방으로 넘기는 엘.

"도망치는데 협력해 준 점은 감사하고 있어. 하지만 나는 천사. 너는 악마. 나는 경찰이고 너는 범죄자. 이건 자연스러운 흐름 아니야? 설마 진심으로 예상하지 못한 거야?"

"싫어요오오오오, 꺼내주세요오오오오오오오."

"뭐, 전부 경범죄뿐이니까 머지않아 나올 수 있겠지."

"그게 대체 언제인가요오오오오오오오오오오."

"대충 어림잡아 50년 정도인데."

"너무 길다고요오오오오오오오오오오."

"악마한테는 그렇게까지 긴 시간도 아니잖아?"

"꺼내줘어어어어어."

"싫어."

둘은 아웅다웅 소란을 피웠다. 그 한심한 다툼은 도무지 끝날 줄을 몰랐다. 이브는 계속 꺼내달라고 보챘고, 엘은 위로하거나 웃었다. 간식거리 정도는 넣어줄 테니까, 라는 엘의 말에 이브는 싫어요오오오오오, 하고 엉엉 운다. 엘은 속으로 어머, 싶었다.

이브는 확실히 다른 악마 범죄자들과 달랐다. 나중에 흔쾌히 감형 탄원서를 적어주는 것도 나쁘지 않겠어.

그렇게 하자고 엘이 속으로 끄덕이고 있을 때였다. 갑자기 다갈색 돌풍이 두 사람이 있는 자리에 휙 나타났다.

누군가 했더니 루나였다.

끼익—, 하는 마찰음을 내며 루나가 멈춰 섰다. 발뒤꿈치를 모아 차렷 자세를 하고서 엘에게 경례를 올린다.

"엘 씨, 수고 많으십니다! 서장님이 부르셨습니다!"

"알겠어. 바로 갈게."

"앗, 그리고 말이죠."

"응?"

어째서인지 루나가 입을 우물거렸다. 왜 그러는 걸까 싶어서 엘의 눈이 가늘어졌을 때, 루나는 자기 뺨에 손을 대고서 동물 귀를 축 늘어트렸다. 그러더니 자기도 당혹스럽다는 듯한 말투로 말을 이었다.

"『도망치는 날개 이브』도 데려오라고 말씀하셨습니다!"

* * *

"……실례하겠습니다. 이브를 데려왔습니다."

"수고가 많아…… 그자인가."

"으으…… 수갑은 싫어요."

손목에 새로운 수갑을 차고서 힝힝 울고 있는 악마를 향해 샬레이나가 차가운 시선을 던졌다. 무언가를 확인하는 것처럼 눈이 가늘어진다. 그러는 동안에도 이브는 어린애처럼 연신 눈물을 흘렸다. 이윽고 샬레이나는 이해가 안 간다는 듯이 중얼거렸다.

　"……도저히 『선택받을』 것처럼은 보이지 않는데."

　"샬레이나 서장님?"

　"아아, 미안하다. 슬럼가에서 있었던 일은 보고를 받았다. 큰일이었겠군."

　노고를 치하하는 샬레이나의 말에 엘은 슬쩍 미간을 찌푸렸다.

　큰일이라는 단어로 정리될 소동이 아니었다.

　천사의 시선으로 보기에 인간이란 날벌레에 불과하다. 하지만 그게 결코 잔혹하게 눌러 죽여도 되는 존재라는 뜻은 아니었다. 반면 저주를 새긴 범인은 인간을 괴물을 만들어 낼 소재로밖엔 생각하지 않았겠지. 낮은 목소리로 엘이 자신의 추측을 말했다.

　"……사건의 잔혹성과 발생한 장소로 미루어 봤을 때, 근래 일어난 연속 살인과 이번 습격은 연관이 있을 겁니다. 인간의 안전을 위해선 빠른 해결이 필요하지 않을까요."

　"음…… 그러기 위해서라도 슬럼가를 잘 아는 자가 필요해."

　진지하고 근엄한 어조로 샬레이나가 말을 이었다.

　엘이 응? 하고 고개를 갸웃했다.

　뭔가 엄청나게 싫은 예감이 들었다.

　말을 마치고서 샬레이나는 다시금 이브를 가만히 응시했다.

　그 시선에 겁을 먹은 이브가 몸을 움츠렸다. 어쩌면 위협하는 몸짓일까, 날개도 파닥거리고 있다. 효과가 없다는 걸 깨달았는지 금방 멎었지만. 그런데 이브는 무언가 결의를 다진 표정으로 다시 열심히 날개를 움직였다. 파닥, 파닥…… 파닥파닥파닥…… 파닥, 계속해서 반복하고 있다.

대체 뭘 하는 건가 싶어서 엘은 어처구니가 없어졌다. 그런 엘이랑 똑같은 표정을 지으면서도 샬레이나가 입을 열었다.

"거기 악마는 슬럼가 주민이야. 천사 경찰이 파악하지 못한 통로도 잘 알고 있겠지. 편리한 도구가 있는 이상 쓰지 않을 이유가 없을 터."

"자, 잠깐만 기다려 주세요. 설마."

"그 설마가 맞다. 또한 바로 곁에서 감시할 필요도 있어."

샬레이나는 숨을 한번 들이킨 다음 토해냈다.

그리고선 몸을 경직시킨 엘을 향해 명령을 내렸다.

"자네들은 당분간 둘이서 버디를 짜도록."

엘의 눈이 휘둥그레졌다.

이브는 할 말을 잃었다.

엘과 이브.

천사와 악마.

경찰과 범죄자.

전투의 엘리트와 도주의 전문가.

상사의 명령으로 인해, 지금 이곳에서 정반대인 버디가 결성
되었다.

제4막 갑작스러운 버디 탄생!

하얗고 달콤한, 애매모호한 꿈을 꾸었다.
이게 꿈이라는 사실을 자각한 채로 꿈을 꾸었다.

지금은 꿈속이라서, 이해할 수 없는 언어들도 들려온다.

이곳은 모형 정원. 여왕은 한 사람. 이윽고 백성들은 깨닫는다.
천 년의 안식이 이어져 온 행복과 행운을.

눈앞에는 아름다운 누군가가 서 있었다. 인간인지, 수인인지,
악마인지, 흡혈귀인지, 천사인지 구분할 수가 없었다. 전부 아
니라는 느낌이 든다. 이 누군가는 더없이 신성해서 현세를 살아
가는 사람이 아니었다.

하지만, 어쩌면 그건.
절대적인 고독과 동의어가 아닐까.

어쩌면 그렇게 생각하는 것조차 잘못된 생각일지도 몰랐다.
판단을 내릴 수 없을 정도로 눈앞의 존재는 다섯 종족과 한없이
동떨어져 있었다. 너무나도 특이한 생물은 고독 따위 느끼지 않
을지도 모른다.

신비롭고 아름다운 『그녀』가 묻는다.

―――있잖아, 당신은 무엇을 소망해?
―――있잖아, 당신은 무엇을 소원해?

소망은 있다.
소원도 있다.

꿈이 있다.
그렇지만.

"왜 내가 당신한테 그걸 알려줘야 하는 건데."

엘은 자기 목소리에 눈이 떠졌다.
뭔가 기분 나쁜 꿈을 꾸었다는 느낌이 든다.
구체적으로 나쁜 부분은 무엇 하나 없는데도―― 오히려 그래서 더욱 불길하고 기묘한 꿈.
하지만 자세한 꿈의 내용은 기억나지 않았다. 그저 『꾸고 싶지 않았는데』 하는 강렬한 후회와도 가까운 독특한 불쾌감만이 가슴에 남았다.
"…………윽."
지끈거리는 두통을 참으며 고개를 흔들었다.

어차피 기억도 나지 않으니 악몽 같은 건 빨리 잊는 게 최고다. 거기에 얽매여 끙끙대고 있어봤자 시간 낭비다. 그렇게 마음을 먹은 뒤, 천사 경찰 기숙사에 놓인 푹신푹신한 침대에서 몸을 일으키려고 했다.

그런데 일어날 수가 없었다.

누군가가 엘을 꼭 껴안고 있었기 때문이다.

"하아?"

"음냐 음냐."

일부러 그러는 거냐고 묻고 싶을 정도로 판에 박힌 잠꼬대가 들린다.

엘의 고개가 끼기긱 소리를 내며 움직였다. 설마 싶었는데 그 설마가 진짜 정답이었다.

바로 옆에서 연보랏빛 머리카락을 가진 악마가 잠들어 있다.

하얗고 가녀린 팔로 엘의 몸을 단단히 끌어안은 상태다. 피부를 통해 직접 심장이 뛰는 소리가 들려온다. 아슬아슬한 부분만 가린 얇은 옷 탓에 드러난 매끈매끈한 뱃살과 허벅지가 맞닿는 감촉이 기분 좋았다.

아니, 잠깐 기분 좋은 게 아니지.

이 상황은 대체 뭐야?

엘은 간신히 상황을 이해했다.

이브가 엘을 껴안는 베개로 삼아 자는 중이었다.

"뭐어어어어어어어어어어어어어어?!"

엘은 물음표가 잔뜩 묻어 나오는 목소리로 크게 외쳤다.

지붕 위의 까마귀가 푸드득, 날아오르는 소리가 들린다.

* * *

"으음─ 아직 일어날 시간이 아니에요─."

"뭘 『아직 일어날 시간이 아니에요』 같은 소리를 하고 있어─!"

"그러면 벌써 일어날 시간인가요오?"

"아니, 아직 이르긴 한데…… 그게 아니고, 왜 네가 내 침대에 있는 건데?!"

"그야 잘 데가 없어서 말이죠……."

"감옥이나 수인용 기숙사로 가라고!"

털을 바짝 세운 고양이처럼 엘이 성난 목소리로 화를 냈다. 천사가 악마랑 한 침대에서 잔다니 그야말로 언어도단. 단연코 사절이다. 그런 엘에게 이브가 졸음기 가득한 눈을 비비며 대답했다.

"그치만 어디로 가야 좋을지 알 수 없었어요."

윽, 엘의 말문이 막혔다.

듣고 보니 이브를 이 방으로 데려온 사람은 다른 누구도 아닌 자신이었다. 이브가 천사 경찰 본부의 내부 구조를 알 리가 없다. 설령 안다 해도 복도에는 야간 당직을 서는 천사가──수다나 떨고 있겠지만── 불침번을 돌고 있을 테니까 이브는 엘의 방에서 나갈 수가 없었겠지. 아마 그래서 별수 없이 침대 속으로 기어들어 왔을 거라는 생각이 들었다.

하지만.

"그러면 소파나 바닥에서 자면 되잖아!"

"소파도, 바닥도, 잠을 자는 곳이 아니에요."

불평을 쏟아내는 엘에게 이브도 뚱한 목소리로 대답했다. 『그런 곳에서 자기 싫다』는 뜻보다는 『그런 곳에서 자다니 예의 없는 짓이다』라고 말하고 싶은 것 같았다. 슬럼가에서 지냈던 주제에 왜 이런 이상한 부분에서 고집이 센 걸까. 엘은 어이가 없어져서 천장을 올려다보았다.

(진정해야지. 보자— 어제 무슨 일이 있었더라?)

백합꽃 모양 조명을 가만히 응시하면서 어제 기억을 더듬어 보았다.

＊ ＊ ＊

"어, 어째서죠? 어째서 제가 악마 따위랑?"

"이건 이미 결정된 사항이다. 만약 거스른다면 강등 조치도 내려질 수 있어."

"그, 그럴 수가……."

샬레이나는 단호한 어조로 말했다.

항의도 거부. 그렇다고 납득할 수 있을 만한 자세한 설명이나 이유도 말해주지 않는다.

마치 머리를 한 대 맞은 것처럼 실감할 수밖에 없었다. 서장은 누구보다도 천사다운 천사라는 사실을. 자기가 내린 결단에 한 점의 의심도 품지 않는 생물이었다. 횡포도 정도가 있지, 이런 불합리한 명령에 굴복하고 싶지는 않았다. 그러나 위에서 시키면 군말 없이 따라야 하는 게 조직에 속한 구성원의 비애다.

결국 엘은 패배감이 담긴 말을 쥐어 짜냈다.

"알겠, 습니다."

"음, 좋다. 『도망치는 날개 이브』가 도망가지 못하게 하고, 잘 이용하도록."

"……이만 나가보겠습니다."

꾸벅 인사하고서 발걸음을 돌렸다. 서장실을 나와 문을 단단히 닫았다. 거기에 더해 주변에 이브 말고는 아무도 없다는 점까지 확인한 다음 하얀 머리카락을 찰랑이며 천천히 벽에 손을 짚었다. 그러고선 그 자세 그대로 커다란 충격과 슬픔으로 몸을 부들부들 떨었다.

무슨 일인가 싶어서 깜짝 놀랐나 보다. 이브가 허겁지겁 엘을 향해 물었다.

"저기…… 엘 씨, 괜찮으세요?"

"너는?"

"네?"

"너는 싫지 않은 거야?"

"싫어요!"

생각지도 못한 단호한 대답이 돌아왔다.

그리고 스스로 놀랄 정도로 엘은 한층 더 충격을 받았다. 사소한 일에도 겁을 먹고 벌벌 떨던 순하디순한 악마가 이렇게 대놓고 싫어할 정도라니. 아무리 그래도 그렇게까지 싫어하는 건 이해가 가지 않는다. 그런데 이브는 이제 와서 생각났다는 듯 호소했다.

"깜빡 속아서 그대로 감옥에 갇히고, 수갑까지 채워졌는데, 그걸로도 모자라서 버디를 짜라니 너무 어처구니없는 일 아닌가요?!"

"아, 맞다. 내가 감옥에 집어넣었지. 수갑은 풀어줄게. 그래도 도망은 가지 말고…… 근데 어라? 그러고 보니 처음부터 왼쪽 손목에 차고 있던 수갑은 뭐야? 나는 이걸 채운 기억이 없는데?"

"전에 붙잡혔을 때 채워진 게 그대로 남은 거예요—."

"아—, 이쪽은 특제 열쇠가 필요하네. 음— 일단은 그대로 차고 있을 수밖에 없나."

엘은 철컥, 하고 방금 채운 수갑을 풀어줬다. 은색 쇠고랑의 구속에서 풀려난 이브는 가느다란 손목을 쓰다듬었다. 손을 움직일 때마다 여전히 왼손에 남아있는 수갑이 절그럭거렸다.

엘은 후우, 한숨을 쉬었다. 이제부터 뭘 해야 할지 아직 지시가 내려오지 않았다. 이젠 그냥 아무래도 좋다.

여전히 충격이 가시지 않은 채로 터덜터덜 걸어갔다.

몇 걸음 걷자마자 바로 가느다란 목소리가 날아들었다. 머뭇거리는 태도로 이브가 엘에게 물었다.

"저기, 엘 씨, 저는…… 그, 버디는 싫지만요! 그래도, 그게,

가르쳐 주시지 않으면 모르겠어요…… 이제부터 어떻게 해야 할까요?"

"나랑 버디를 짜는 게 싫다고 할 거면 대놓고 의지하지 말아 줘. 알아서 고를 수 있잖아. 아예 모습을 감춰버리는 건 안 되지만 어차피 지금 시간엔 현관문이 잠겨 있을 때니까 대충 감옥으로 돌아가 있어."

저리 가라는 듯이 쉿쉿, 하고 손을 흔들었다. 그 말에 이브는 강아지처럼 울먹였다.

그렇게 말했는데도 이브는 엘을 쫓아왔다. 다른 천사들을 보며 겁먹은 표정을 지으면서도 조용히 뒤를 따라온다. 천사 경찰 본부가 악마에게 위험한 장소라는 것쯤은 알고 있는 모양이다.

어쩌면 좁다란 감옥만큼은 다시 돌아가고 싶지 않은 걸까.

다시 한번 이브를 저 쇠창살 너머에 가두려고 마음을 먹는다면 얼마든지 할 수 있다. 하지만 엘은 그러지 않았다. 저 딱딱한 바닥에 외로이 잠드는 건 불쌍하다면 불쌍한 일이다. 이브가 따라오고 싶다면야 좋을 대로 하라지. 그런 것보다 어제부터 뭐 하나 풀리는 일이 없다. 어떻게 이렇게까지 불행한 일들이 연이어 겹칠 수가 있는 걸까 싶었다. 저녁 식사도 아직이지만 엘은 뼛속까지 지쳐버렸다.

"나는 먼저 가볼게."

그 말만 하고서 엘은 기숙사로 향했다. 이미 잠자리에 든 사람이 많은 거겠지. 잠긴 문들을 곁눈질로 보면서 차가운 침묵으로 만연한 복도를 나아갔다. 지금 방에 있는 모두가 편안한 꿈나라에 가 있을 거라는 생각이 들자 몹시 부러웠다.

그리고 엘은 복도 제일 안쪽에 있는 자기 방으로 가 문을 열었다.

방 안에는 커다란 창문이 있었고, 붙박이형 옷장과 검은 가죽 소파, 크림색 카펫과 백합꽃 모양 조명이 놓여 있었다. 다른 천사 경찰들의 방처럼 컬러풀한 리본이나 대량의 쿠션, 인형 같은 쓸데없는 장식물은 가져다 놓지 않았다.

신발을 벗고 엘은 침대 위에 푹 엎어졌다. 잠옷으로 갈아입는 것도 귀찮다. 다른 건 몰라도 이것만큼은 엄선에 엄선을 거쳐 고른 고급 깃털 이불에 몸을 묻고서 눈을 감았다.

그렇게 의식이 침전하기 직전이었다.

난처함이 가득 담긴 이브의 목소리가 들린다.

"저기— 저는 어디서 자야……."

"대충 소파에서 자라고."

엘은 금방 곯아떨어졌다.

그리고 달콤한 악몽을 꾸었다.

* * *

"잠깐, 소파에서 자라고 똑똑히 말했잖아!"

"침대가 아닌 다른 데서 자는 건 안 좋은 행동이니까요!"

"친구 집에 놀러 갔다가 소파에서 자는 정도는 다들 하는 일

아냐?!"

"말하는 투를 보니 엘 씨도 경험해 본 적은 없는 거네요!"

"윽…… 그, 그야 그렇지만."

"게다가 엘 씨는 아직 잘 모르는 사람이잖아요!"

그러면서 이브는 뺨을 부풀렸다.

아무리 그래도 그 말에는 엘도 울컥했다. 그야 서로에 대해 잘 모르는 건 사실이다. 진지하게 맞섰고, 함께 힘을 합쳐 위기에서 탈출했지만 딱 그것뿐이다. 하지만 그렇다고 해도 남의 침대에 기어들어 올 이유는 없다. 엘은 입술이 비죽 나와서 물었다.

"아— 그래. 그럼 잘 모르는 사람한테 딱 달라붙어서 잠을 방해한 건 무슨 이유인데?"

"안는 베개로 삼은 점은 죄송해요."

"순순히 사과하네?"

"하지만 엘 씨는 푹 잤잖아요!"

"악몽을 꿨다니깐!"

"그건 제 잘못이 아니에요!"

네가 맞니, 내가 맞니, 하면서 말다툼을 벌였다. 팔짱을 끼고서 엘은 이브를 머리끝부터 발끝까지 죽 훑어보았다. 저 매끈매끈한 피부의 감촉을 떠올렸다. 솔직히, 꽤 기분 좋긴 했다. 하지만 그런 꼴로 남을 막 끌어안는 건 좀 그렇지 않을까. 주의를 주려는 심정도 함께 담아 엘이 불만을 토했다.

"게다가 그런 음란한 옷차림을 한 애한테 껴안기는 건 싫거든!"

"엘 씨도 배를 다 드러내고 계시잖아요!"

"으, 가벼운 복장이 천사의 취향이라 그런 거지만…… 그래도 너처럼 다 까놓고 다니진 않아!"

"실례예요! 이건 악마의 정장이라고요! 악마는 이런 옷을 입는 법이라고, 너는 좀 더 악마답게 하고 다니라고 엄마가 그러셨어요!"

"엥? 뭔 소리야 그게."

"네?"

이브는 눈을 끔뻑였다. 엘은 고개를 갸웃거렸다. 잠깐의 침묵후 침대에 걸터앉아 다리를 꼰 엘은 결심했다. 이건 괜히 놀리지 않는 편이 낫겠지. 괴롭힐 생각이나 장난기는 일절 없이 담담하게 사실을 고했다.

"아— 역시 악마처럼 보이려고 지나치게 의식한 결과였구나…… 그런데 그 과도한 노출은 악마라고 쳐도 이상하거든?"

"네에에?!"

이브는 쩍, 굳어버렸다. 그야말로 석상으로 변한 것처럼.

자신이 믿어 온 상식과 정신에 심대한 충격을 입은 모양이다. 점차 연보랏빛 눈동자에 눈물이 고이기 시작했다. 마치 눈동자 모양 자수정이 물에 잠기는 모습 같다. 하지만 그런 신비하고 아름다운 광경을 스스로 망가뜨리려는 것처럼 이브가 한심하게 얼굴을 와락 일그러뜨렸다.

"어디가 이상한 건가요?"

"어? 음, 그러니까. 귀족 계급에 있는 악마들은 경외와 퇴폐의 상징으로 노출이 심한 드레스를 고르는 경우도 많지만…… 너

같은 떠돌이가 그런 옷을 입으면 오히려 위화감만 느껴져."

"우리 엄마는 거짓말 안 하는걸요!"

"나도 거짓말 안 하는데?"

엘이 딱 잘라 말했다. 진짜인지 간파하려는 것처럼 이브가 눈에 힘을 담아 엘을 노려보았다. 그러다 마침내 결론이 나왔나 보다. 사실이라는 걸 깨달았는지 한심하게 울음을 터트렸다.

"우으…… 으, 흑, 훌쩍, 훌쩍."

"성가시니까 울지 마! 하아, 정말이지."

엘은 고개를 푹 떨궜다. 하지만 계속 이러고 있어봤자 아무것도 진행되지 않는다. 어제 저녁도 거른 참이라 뱃속이 꼬륵거렸다. 아마 이브도 마찬가지겠지. 아침밥을 먹으면 조금은 기운을 차릴지도 모른다.

아직도 훌쩍훌쩍 울고 있는 모습에 눈길을 주면서 엘이 말했다.

"식사는 악마용 식사로 잘 챙겨줄 테니까."

"네? 정말인가요?! 엘 씨는 혹시 마왕님인 건가요?"

"……그게 인간식으로 표현하면 『성모님』 같은 뜻이고, 칭찬하는 말이라는 건 알지만…… 천사한테 마왕이라고 하다니 엄청 화가 치미는 비유네."

"아아, 기뻐요…… 드디어 밥을 먹을 수 있어요. 딱 나흘 만이에요."

"내 얘기를 똑바로 들어."

이브한테선 대답이 없었다. 양손을 기도하듯이 모으고서 눈을 반짝반짝 빛내고 있다.

그럴 정도로 배가 고팠나 보다. 그야 나흘 동안 굶었으면 힘들 만도 하지. 아무리 그래도 방금까지 엉엉 울던 얼굴은 대체 어디로 간 걸까.

그 태평한 모습을 보고서 엘이 이마를 짚었다.

"……하아, 지금은 상관없지만 날이 저물면 나갈 거니까 미리 준비해 둬."

"……나간다니, 어디로요?"

눈물을 훔치면서 이브가 물었다.

앞으로 펼쳐질 고생길을 떠올리며 엘이 고개를 절레절레 저었다. 하지만 상사가 정한 일이니 따르지 않을 수도 없다. 엘은 쓸데없는 푸념 따위 하지 않는 주의였다. 팔짱을 끼고서 대답했다.

"버디로서 첫 임무를 수행하러 가는 거야."

* * *

이브는 '버디는 싫어요!'라고 말했다. 굳이 말하자면 엘도 싫었다. 그래도 서장에게 명령을 받았으니 어쩔 수 없는 일. 감옥으로 다시 들어가고 싶다면 그러든가, 라고 말하자 이브는 바로 얌전해졌다. 그러면서도 여전히 힝힝 울먹이는 상태다. 벌써 세 번째 한숨을 푹 쉬며 이브를 달랠 방법을 생각했다. 역시 배고픈 애한텐 밥을 먹이는 게 최고겠지. 하지만 다른 천사들과 같이 밥을 먹게 한다면 그건 또 너무한 처사다.

"잠깐 방에서 기다려."

"으으으, 죄다 불합리한 일뿐이에요."

"좀 더 자도 되니까 얌전히 있도록 해."

엘은 도시락을 가지러 식당으로 향했다.

양문형 식당 문을 열자, 사방에서 지저귀는 듯한 웃음소리가 들렸다. 쟤가. 꼴좋네. 야 들리겠다. 그런 속닥거림이 귓가를 때렸다. 천사와 악마가 콤비를 이뤘다는 소식은 이미 소문으로 쫙 퍼진 모양이다. 겉으로는 태연한 척해도 속으로는 울화를 참으면서 엘은 안쪽 주방으로 발걸음을 옮겼다.

"잠깐, 괜찮을까요, 주방장. 조금 얘기하고 싶은 게."

"그래, 샬레이나 서장한테 들었어."

힘들겠네, 라며 초로의 천사가 고개를 주억거렸다. 천사용과 악마용── 엘은 종이봉투에 담긴 두 종류 샌드위치를 건네받았다. 가지고 방에 돌아가려고 몸을 돌렸을 때 눈에 들어온 광경에 엘은 고개를 들었다. 지난번에 본 그 네 사람이 식당 입구를 가로막고 있었다. 노골적으로 키득키득 비웃는 꼴을 보고서 엘은 그랬군, 하고 납득했다.

소문이 이렇게나 빠르게 퍼진 건──상부에 연줄이 있는── 저 녀석들이 원인인가 보다.

"믿을 수가 없어."

"악마랑 천사래."

"입에 담기도 힘든 일이네."

"창피해서 죽고 싶지 않을까?"

상투적인 험담들이 쏟아진다. 그래봤자 파리 날갯짓 같은 소리다.

무시하고 옆을 지나쳐 지나가려고 했다. 그 순간 리더 격인 애가 슥 하고 다리를 내밀었다. 다리를 걸어 넘어뜨리려는 수작이겠지. 정말 멍청하고 어린애 같은 괴롭힘이다.

엘은 그걸 그냥 봐주고 넘어갈 정도로 만만한 성격이 아니었다.

"엇차."

쿵, 하고 발을 구르며 체중을 실어 상대의 발을 걷어찼다. 비명이 터진다.

비명을 지르든 말든 이어서 힘껏 밟아준 다음 엘은 얼굴 가득 미소를 짓고 바라봐 주었다.

"무능한 것보다야 덜 창피하거든."

"『빛이여』!"

"엘 씨이이이이이이이, 좋은 아침입니다아아아아아아! 앗, 여러분, 죄송합니다, 늦었지만 인사 올립니다, 그럼 실례합니다!"

매번 그랬듯이 루나가 태풍처럼 나타났다. 바람과도 같은 기세로 엘을 데리고 후다닥 자리를 피했다. 반쯤 엘을 품에 안은 자세로 식당을 빠져나와 회랑을 질주한 다음에야 발을 멈췄다.

정신을 차려 보니 두 사람은 안뜰로 나온 상태였다.

정원에는 커다란 꽃을 피운 나무들이 산들바람에 흔들리고 있었다. 벽돌을 쌓아 문양을 만든 담벼락 위에는 정원사가 뿌려 놓았는지 빵가루가 놓여 있었고, 하얀 비둘기들이 모여 빵가루를 쪼고 있었다. 평화로운 광경을 배경 삼아, 루나는 무사히 도주했다는 사실에 가슴을 쓸어내렸다. 이어서 엘을 향해 미소를 지었다.

"들었어요, 엘 씨! 좋은 일이잖아요!"

"별일이네. 너까지 나를 조롱하다니."

"아니, 그게 아니에요! 저는 다른 뜻 없이 진심으로 좋은 일이라고 생각해요!"

루나는 동물 귀와 손을 파닥파닥 흔들었다. 무슨 뜻인지 이해가 가지 않아 엘이 미간을 찌푸렸다. 어젯밤부터 지금 이 순간까지 기뻐할 만한 일이 있긴 했던가. 돌이켜 봐도 불합리한 일투성이였다.

그치만요, 라며 루나가 설명을 덧붙였다.

"엘 씨는 엄청 좋은 사람인데…… 그런 좋은 점들이 남들한테 잘 전해지지 않는다고요. 특히 능력이 떨어지는 동료한텐 아주 가차 없잖아요? 그래서 더…… 빈말로라도 천사 경찰들과 친하다고는 말 못 하시죠?"

"쓸데없는 참견이야. 나는 음식에 독을 타거나 유리 조각을 숨겨두는 짓도 당한 적 있어. 저런 돼지처럼 게을러빠졌고, 까마귀만큼이나 겁쟁이인 녀석들과 친분을 쌓는다니 시간 낭비에 불과해."

"아무리 그렇다 해도요. 저는 때때로 걱정된다고요. 이러니저러니 해도 저는 수인이다 보니 갑자기 쫓겨날 수도 있고, 아니면 누군가의 심기를 제대로 거스르는 바람에 살해당할 수도 있고…… 아무튼 그런 일이 어쩌면 벌어질 수도 있잖아요?"

"그, 그런 일은 내가 절대로 용납 못 해!"

가슴의 제복에 손을 올리며 엘이 외쳤다.

수인의 지위가 낮은 건 사실. 그런 예기치 못한 사태는 언제든 일어날 수 있다.

하지만 엘은 이 붙임성 좋고 마음씨 착한 소녀가 위험한 일을 당하도록 놔둘 생각이 없었다. 불합리한 폭력을 행사하려는 녀석들이 있다면 때려눕혀 주겠어. 그런데 엘의 진심 어린 말에 루나는 그저 난처하다는 듯이 미소를 지었다. 그리고 계속 말을 이었다.

"그래서 엘 씨한테 새로운 친구가 생긴 건 좋은 일이라고 생각해요."

"친구 아니야!"

"그치만 버디를 짜는 거잖아요? 이왕 이렇게 됐으니 친해져 보자고요."

"천사랑 악마가 친해질 수 있을 리가 없어!"

비둘기가 놀라서 푸드득 날아오를 정도로 커다란 목소리로 단언했다. 이건 자연스러우며 절대적인 사실이다.

천사는 신성하고, 악마는 사악하다. 두 존재가 친밀하게 얽힐 일은 없다.

그런데 루나는 고개를 저었다. 그러면서 온화한 표정으로 속삭였다.

"저는 그렇게 생각하지 않아요."

하얀 날개가 푸른 하늘을 수놓는 배경 속에서 루나가 웃음을 지었다.

확신이 서린 어조로 수인 소녀는 뒷말을 이었다.

"당신은 엄격하지만, 상냥한 마음씨를 가졌어요. 상대방이 착한 아이라면 악마라 해도 친해질 수 있는 사람이에요."

"······이제 됐어. 갈게. 배가 고프니까."

"앗, 그러네요. 너무 오래 붙잡아서 죄송합니다."

루나는 꾸벅, 허리 굽혀 인사를 한 다음 고개를 들었다.

긴 머리카락을 휘날리며 엘은 등을 돌렸다. 뒤를 돌아보는 일 없이 점점 멀어져 간다.

충동에 이끌려 점점 발걸음을 빨리하면서도 엘은 생각했다.

확실히 만약 모종의 이유로 루나가 사라진다면 엘에겐 뭐가, 누가 남아있을까. 답답하게 가슴을 옭아매는 불안 속에서 악몽이 남긴 잔향이 치밀어 올랐다. 그 잔향은 귓가에서 탁, 터지듯 울려 퍼졌다.

————있잖아, 당신은 무엇을 소망해?
————있잖아, 당신은 무엇을 소원해?

꿈은 있다.
그렇다 해도.

"······그렇다 해도, 천사와 악마는."

짓씹듯이 말했다. 엘은 크게 고개를 털어낸 다음 마침내 자기 방에 도착했다. 벌컥 문을 연 엘은 한순간 샌드위치가 든 종이 봉투를 집어 던져줄까 싶었다. 그래도 루나가 했던 말이 귓가를 간지럽혀서 꾹 참고, 일단 인사를 건넸다.

"……다녀왔어."

"음냐음냐."

이번에도 역시나 일부러 그러는 거냐고 묻고 싶을 정도로 판에 박힌 잠꼬대가 돌아왔다.

이브는 태평하게 아침잠을 즐기고 있었다. 기분 좋게 베개를 끌어안고서 쌕쌕거리는 소리까지 내며 잠들어 있다. 엘이 마음에 들어 하는 베개는 침으로 범벅이 된 상태다.

그야 한잠 더 자도 된다고 그러기는 했다.

그래도 이렇게까지 널브러져서 푹 자라고는 한 적 없다.

엘은 부들부들 몸을 떨었다. 그런 다음 있는 힘껏 소리를 질렀다.

"역시 친해질 수 있을 리가 없어─!"

"무, 무슨 일인가요! 세상의 종말인가요?!"

"종말이 갑자기 들이닥치겠냐, 바보야!"

"윽, 바보라고 하는 사람이 더 바보예요!"

"좀 더 참신한 말로 받아쳐 보는 게 어때?"

"네? 음─ 그럼 남을 바보 취급하는 사람은 예의 없는 사람이라고 생각해요!"

"은근 맞는 말이라서 열받아!"

우당탕탕 한바탕 소란을 피웠다.

그렇게 시간이 지나고 밤이 되었다.

* * *

땅거미가 내리는 시각, 하늘이 흐려지기 시작했다.

검게 물든 하늘에 옅은 구름이 끼었다.

달도, 별도, 촘촘한 그물망 같은 회색빛에 뒤덮였다. 슬럼가의 밤거리엔 가로등이라는 게 존재하지 않는다. 그렇다고 투광 렌즈를 꺼내는 건 너무 눈에 띈다. 야음을 틈타 몸을 숨기고서 엘과 이브는 거친 돌바닥 위에 착지했다. 창문과 창문 사이로 세탁물을 너는 줄이 이어져 있는 골목에 서서 엘이 등을 폈다.

"자, 그럼…… 아직까진 안전하려나."

"으으으으으, 가슴이 쿵쿵거려요. 어쩌다 이렇게 된 걸까."

"그건 내가 할 소리야…… 너는 감옥에 가는 건 면한 만큼 지금이 더 낫잖아?"

"그렇지 않아요! 불합리한 처사는 싫은 데다, 무서운걸요!"

이브는 시종일관 조그만 목소리였다. 두리번두리번 주변을 둘러본다.

구불구불한 길에 사람의 모습은 없었다.

물론 도마뱀의 모습도.

슬럼가에 우글거리던 괴물은 샬레이나 서장이 다른 천사 경찰에게 명령을 내려 청소했다. 청소라고 해도 직접적인 전투는 없었다. 아침이 완전히 밝자 도마뱀들은 자연스레 붕괴하듯 무너졌다고 한다.

태양빛이 괴물에게 주는 부담을 원래 인간이었던 육체가 견뎌내지 못한 결과였다. 슬프고 참혹한 결말이다. 그 괴물들은 애초부터 쓰고 버릴 도구에 지나지 않았다. 그 사실에 엘은 가슴 깊은 곳에서 우러나오는 분노를 느꼈다.

그 후 거리를 수색하고, 보호를 희망하는 인간들을 수습하는 일도 끝난 상태였다. 하지만 저주를 건 주모자는 어디서도 발견되지 않았다. 게다가 빈민들 대부분은 천사 경찰의 도움을 거부했다고 들었다.

고등 종족을 향한 반발은 슬럼가에서 특히나 두드러진다. 빈민들은 거만한 자들이 건네는 경고에는 고집스레 귀를 기울이려 하지 않았다. 그 탓에 인근 주민들 대다수는 여전히 피난하지 않은 채였다.

"……다시 말해 이 주변에는 여전히 저주의 재료가 될 수 있는 인간들이 우글우글하고, 범인도 아직 어딘가에 있을 수 있다는 뜻인가…… 귀찮게 됐네."

"……저기, 범인은 있을 수도 있는 게 아니라 반드시 있을 거라 생각해요."

쭈뼛쭈뼛 손을 들면서 이브가 말했다. 예상 밖의 말에 엘의 눈이 가늘어졌다.

설마 이브가 자기 나름대로 추측한 생각을 가지고 있을 줄은.

그뿐만 아니라 그걸 자기한테 말해줄 거라곤 생각하지 못했기 때문이다. 엘의 굳은 표정을 본 이브는 어깨를 움츠렸다.

날개까지 접고서 시무룩하게 몸을 구기는 이브.

"하지만, 그게, 아닐지도 모르고요."

"괜찮으니까 말해봐."

"그, 그래도."

"의견은 거리낌 없이 팍팍 내. 네가 진지하다면 나도 장난으로 듣지 않아."

"앗."

"게다가 버디는 정보 공유가 중요해."

엘은 기본적인 모토를 가르쳐 주었다. 짜증을 내긴 했어도 버디를 짠 이상 엘이 먼저 이 관계를 깨트릴 생각은 없었다. 엘도 누군가를 속이는 짓은 꽤 태연하게 하는 편이지만 어떤 상대든 같은 편이 됐다면 배신하고 싶지 않았다. 항상 임무 도중에 동료들이 자기를 버리고 이탈하는 건 상당히 괴로운 일이었다.

엘의 말에 이브는 잠시 눈만 깜빡이더니, 부드럽게 눈을 휘며 웃었다.

어째서인지 기뻐 보이는 표정이었다.

하지만 금방 표정을 바로잡고서 고심하는 태도로 이브는 손짓을 섞어가며 설명했다.

"요즘 슬럼가에선 엽기 살인이 빈번하게 발생하고 있어요."

"그건 알아. 경찰 쪽에도 정보가 들어왔어…… 그래서?"

"그건 아마 마력을 향상시키기 위한 재료를 모으거나, 저주를 연습하거나, 도마뱀으로 만든 인간의 위력을 시험해보기 위한 행동이었을 거예요."

이브의 말에 엘도 고개를 끄덕였다.

엽기 살인에 당한 피해자의 사체가 그 말을 뒷받침해 주고 있었다.

머리가 절단된 건 재료를 채취한 흔적. 내장 파열은 저주가 실패한 결과. 조각난 시체는 도마뱀으로 변한 인간의 위력 시험 결과겠지. 그래서 이브의 의견에 별다른 이견을 느끼지 못했다.

이브는 엘의 반응을 살피고 말을 이었다.

"그런데 상대는 그렇게나 열심히 준비하고 가다듬었던 전력을 어제 우리한테 대부분 투입했어요…… 그 이유는 우리가 표적이었거나, 혹은 천사나 악마의 시체가 큰 규모의 주술에 필요한 소재였기 때문이거나, 둘 중 하나라고 생각해요."

"……맞아. 꼼꼼한 준비 과정이 필요했다는 건 적의 마력량이 무한하지 않다는 뜻이야. 그런데도 그걸 쏟아부었다면 거기엔 무언가 목적이 있었던 게 확실해…… 문제는 왜 우리를 표적으로 삼았는지인가."

"저한텐 짚이는 구석이 없어요…… 엘 씨는요?"

"당연히 없어."

"그렇다면 적은 아마 천사와 악마의 시체가 필요한 걸 거예요."

엘과 이브, 둘 다 습격당할 만한 이유로 짐작 가는 점이 없는 이상, 그럴 가능성이 높다.

저주를 건 자는 천사와 악마의 유해를 원하고 있다. 엘은 흐음, 하고 생각에 잠겼다.

"그래서? 적은 왜 아직 슬럼가에 있다는 거야?"

"네…… 적한텐 천사와 악마가 필요해요. 그런데 천사 경찰 본부는 기본적으로 팀을 짜서 움직여요. 그리고 악마는 이 주변에서 찾을 수 없어요. 그러니 표적으로 삼을 만한 상대는 오직 우리뿐. 그러니 감옥에서 탈옥한 제가 집에 잠깐 들르고, 그걸 천사 경찰인 엘 씨가 쫓아오는 타이밍을 노리고 있을 거라고 짐작해요."

과연, 하고 엘도 수긍했다.

적도 표적의 정보를 입수하고 있겠지. 조금만 조사하면 금방 알 수 있는 일이다.

이브는 과거에 천사 경찰한테 붙잡힐 때마다 탈옥했던 전적이 있다. 이번에도 천사 경찰 본부에 잡혀들어가자마자 바로 탈옥한 다음, 혹시 있을 위험에 겁을 먹으면서도 짐을 챙기기 위해 집으로 올 가능성이 높다고 추측할 수 있다. 그리고 엘이 그걸 쫓아서 뒤따라오리라는 것도 충분히 걸어볼 만한 도박이겠지.

그렇다면 지금 적이 이곳에 있을 확률은 매우 높았다.

이브가 말한 일련의 추측을 듣고 엘은 감탄했다. 진심이 담긴 칭찬을 건넨다.

"제법이잖아, 너."

"뭐, 뭘요…… 에헤헤."

"덕분에 우리가 어디로 가야 하는지도 알았으니까."

"엑…… 그게 어디인가요?"

이브는 어리둥절한 기색이었다. 자기 입으로 정답을 다 말해 놓고서 깨닫지 못한 걸까.

그래서 엘은 오히려 놀랐다. 정답 대신 자기 이마를 톡톡 두드리면서 이브에게 힌트를 주었다.

"그치만 그 추측대로라면 범인이 어디를 감시하고 있을지는 명백하잖아. 그렇지 않아?"

"응? 네?"

"『도망치는 날개 이브』가 자기 물건을 챙기러 올지도 모르는 장소…… 우리 천사 경찰은 자세한 위치를 모르지만, 슬럼가에서 너를 찾고 있었던 적이라면 위치를 파악하고 있을 확률이 높아."

"앗."

"맞아."

엘은 끄덕였다. 드디어 말뜻을 깨달은 이브에게 정답을 말했다.

"너희 집이야."

* * *

"싫어요! 가르쳐 드리기 싫어요!"

"버디는 정보 공유가 중요해."

"지금까지 몇 번이나 천사 경찰한테 체포당하면서도 숨겨왔던 비밀의 안식처란 말이에요!"

"버디는 정보 공유가 중요해."

"엘 씨, 전에 저를 속이셨잖아요!"

"버디는 정보 공유가 중요해."

"우으...... 으으."

"중요한 부분이야."

마구마구 억지를 쓴 결과 엘이 이겼다. 이브는 터덜터덜 힘없는 발걸음으로 안내했다. 견갑골에 자라난 날개도 축 처져 있었다. 기운 없는 뒷모습을 향해 엘이 밝게 말을 건넸다.

"괜찮아. 버디로서 알게 된 정보는 다른 천사한테 말 안 할 테니까."

"신용할 수 없어요!"

"진짜라니깐."

"정말, 인가요?"

"그야 버디를 해산한 다음엔 내가 직접 체포하러 갈 거니까."

"흐에엑."

"다른 천사한테 붙잡혀서 난폭한 짓을 당하고, 없던 죄까지 뒤집어쓰는 것보단 낫잖아?"

"둘 다 싫다고요!"

울면서도 이브는 안내하는 걸음을 멈추지 않았다. 대로 근처에 가게들이 줄지어 있는 거리를 지나 빈민 숙소나 여러 공동주택 건물이 꽉꽉 밀집된 주거지역 옆을 가로질러—— 슬럼가 안쪽으로 깊숙이 들어갔다.

이 앞은 막다른 길일 텐데 무슨 생각일까? 싶어서 엘은 고개를 갸우뚱했다.

그 막다른 길 앞에 멈춰 서서 이브는 몸을 웅크렸다. 그리고 벽에 난 구멍으로 기어 들어가기 시작했다.

엘은 눈을 동그랗게 뜨고 그 모습을 보았다. 벽에 난 구멍은——못 들어갈 정도는 아니었지만—— 날씬한 몸을 가진 인간이 아슬아슬하게 통과할 수 있을까 말까 한 수준의 아주 작은 구멍에 불과했다. 아니나 다를까 날개가 벽에 끼여서 이리저리 열심히 몸을 비트는 게 보였다. 알맞은 각도를 찾은 후에는 고양이처럼 재주 좋게 구멍 속으로 들어갔다.

엘도 뒤따라 들어갔다. 벽을 빠져나가자 맑고 깨끗한 바람이 뺨을 간지럽혔다. 눈앞에 펼쳐진 풍경에 이브는 저절로 눈이 휘둥그레졌다.

어둠이 깔린 공간에 작고 사랑스러운 꽃밭이 펼쳐져 있었다.
다소곳한 꽃들이 하얀색으로 산들산들 흔들리고 있다.

엘은 허리에 손을 올렸다. 조약돌이 굴러다니는 지면을 밟고 서서 꽃밭을 가만히 구경했다.

"헤에— 이런 곳이 있었구나."

"에헤헤헤, 어때요, 멋지죠?"

"이건 슬럼가를 속속들이 아는 게 아니면 모를 만한 장소야."

"네, 저도 처음 알게 됐을 때 깜짝 놀랐으니까요."

엘도 순순히 동의했다. 이 자리는 효율성 따위 고려하지 않은 불법 건물들이 난립한 탓에 우연히 탄생한 공터로 보였다. 그리고 거기에 이름 없는 들꽃이 군락지를 만든 모양이다.

문득 엘의 시야에 무언가가 걸렸다. 하얀 꽃의 바다 너머에 너덜너덜한 오두막이 있었다. 페인트를 칠해서 어떻게든 귀여운 인상을 주려고 한 모양이지만 오히려 그게 더 안쓰러움을 배가시키는 건물이었다. 벽은 널빤지를 얼기설기 세워서 만든 거라 외풍도 심할 것 같았다. 내심 안타깝게 느끼면서 엘이 물었다.

"저게 네 집이야?"

"네, 맞아요! 멋진 집이죠?"

엘을 돌아보며 이브가 어떠냐는 듯이 가슴을 폈다. 엘은 다시 한번 이브의 보금자리를 향해 시선을 던졌다. 널빤지로 막아뒀을 뿐인 창문을 물끄러미 응시하면서 검고 어두운 틈 사이를 노려보았다.

그리고 엘은 눈을 한번 감았다가 떴다.

"뭐, 취향은 사람마다 다르니까…… 그건 그렇고 나를 안내하길 잘한 거 아니야?"

"네?"

이브가 고개를 갸웃거렸지만 엘은 대답 없이 손가락을 튕겼다. 허공에서 엘의 총이 빛을 내며 나타났다.

엘은 그걸 낚아채고는 바로 방아쇠를 당겼다.

은색 탄환이 총구에서 튀어나와 이브를 향해 날아간다.

"어?"

『그아, 아아아아아아아아아앗!』

탄환은 이브의 뺨 바로 옆을 지나쳐 그 뒤에서 덮쳐들던 도마뱀에게 틀어박혔다.

작은 집 안에 숨어있던 괴물들이 나타나 달려들었다. 몇 마리나 되는 괴물들이 기세 좋게 뛰어나오자, 거기에 휘말린 문짝이 부서져서 날아갔다. 파편이 꽃 위에 떨어졌다. 괴물들은 꽃 따위 상관없이 그대로 짓밟으며 달려왔다.

소중한 오두막의 참상을 보고서 이브는 비명을 질렀다.

"나, 남의 집에 멋대로 들어가지 말아 주세요!"

"그런 소리 할 때냐! ……빙고네. 엄청난 놈이 있어."

엘은 한 자루 더 권총을 꺼내 쥐었다. 차례차례 도마뱀을 쏘면서 입술을 핥았다.

다른 괴물이 오두막 뒤편에서 슬그머니 모습을 드러냈다.

여덟 개의 다리를 가진 거대한 독거미였다. 아마 적 입장에선 『비장의 패』겠지.

상대는 이곳에서 확실하게 이브를 처리할 생각이었나 보다.

엘은 검고 누런색으로 불길하게 빛을 내는 몸체를 노려보았다. 최소한 세 명은 『재료』로 사용됐을 거라 판단을 내렸다. 거기다 이만큼이나 원래 인간의 모습에서 동떨어진 형태로 변이를 끝낸 상태다.

원격 제어는 어렵겠지. 다시 말해,

"술사가 바로 근처에 있어!"

"그런 소릴 하셔도 괴물들이 너무 많아요!"

이브가 허둥대며 외쳤다.

오두막 안에서만 나오는 게 아니라 거리 쪽에서도 도마뱀들이 벽을 넘어 뛰어들고 있었다. 예쁜 꽃잎들을 허공에 흩뿌리면서 끔찍한 괴물들이 모여들었다.

엘은 빠르게 시선으로 적의 숫자를 가늠해 봤다. 서른 마리쯤 되려나.

피해자의 숫자를 떠올리면서 엘이 입술을 깨물었다. 하지만 금방 사고를 전환하고서 입을 열었다.

"나한테는 불리해!"

"그렇다면."

"그래도 지금은 네가 있어!"

"네?"

이브는 깜짝 놀란 표정이었다. 몇 번이나 눈을 깜빡이면서 자기 자신을 손가락으로 가리켰다.

엘은 크게 고개를 끄덕여 주었다. 자수정을 닮은 눈동자를 바라보며 엘이 물었다.

"그렇지?"

"그, 그렇긴 한데요."

"그러니까 이브, 다수를 상대하는 전투는 맡길게."

"뭐라고요?!"

"등을 맡기겠다는 소리야! 나도 목숨을 걸 테니까!"

엘이 또렷한 목소리로 딱 잘라 말했다. 억지로 맺은 버디인 건 맞다. 하지만 전장에서 함께 싸우는 상대는 믿어주는 게 예의다. 그러길 거부하고 쓸데없는 고집을 이어봤자 죽음에 가까워질 뿐이다.

게다가 엘은 이브의 힘을 알고 있다. 그리고 남을 믿는 솔직함과 자기가 궁지에 몰린 상황에서 상대방이 천사라도 도우려 드는 성격도 알고 있다. 이브는 신뢰를 배신하지 않을 것이다.

엘에겐 그 사실이 똑똑히 보였다. 멍청한 동료들과 이 소녀는 다르다.

악마이긴 해도 등을 맡길 가치가 있다.

몇 초 정도 더 생각해 봐도 이게 옳다. 판단은 정확하다고 단언할 수 있다.

이브의 눈이 커졌다. 어째서일까, 그 뺨이 붉게 물든다. 그리고 그녀는 상기된 목소리로 대답했다.

"네, 넷! 열심히 할게요!"

"좋은 대답이야! 그럼 부탁해."

"『우누스』, 『두오』, 『트리아』, 『콰투오르』!"

노래하는 것처럼 이브가 외쳤다.

끄덕이며 엘은 미소를 지었다.

즉시 소환한 건 옳은 판단이다. 이브는 어리숙하긴 해도 결코 멍청하진 않았다. 뭘 해야 하고 어떻게 해야 할지를 똑바로 이해하고 있다. 기대한 그대로였다.

이거라면 전부 문제없다.

이브의 실력을 믿고서 도마뱀 무리 한가운데로 뛰어들었다. 도마뱀이 날카로운 손톱을 휘둘러 응전하려고 해도, 바로 개와 늑대들이 달려들어 숨통을 물어뜯었다. 피의 분수가 꽃잎처럼 비산하며 허공을 수놓았다.

그렇다, 이브의 소환술은 원래 다수와 싸울 때 더 빛을 발하는 능력이다.

"이곳은 맡기겠어."

도마뱀과 짐승들의 전투가 벌어지는 틈 사이를 이리저리 누비며 달렸다. 피보라가 춤추는 공간을 뚫고 지나간다. 엘은 독거미 앞으로 뛰어들었다. 독거미의 모습을 눈에 담으며 내뱉듯이 중얼거렸다.

"……지독하기도 하지."

독거미의 등에는 여성의 유방이, 측면에는 부풀어 오른 남성의 배가, 길게 자란 다리의 마디 마디엔 노인의 코와 귀가 드러나 있었다. 고통으로 가득한 목소리가 괴물의 몸통 각 부위에서 들려올 것만 같은 형상이다.

잔악함에 혀를 차면서 엘은 쌍권총을 집어넣었다. 아마 이 총알은 통하지 않겠지. 그렇다고 박격포를 쓰면 힘의 낭비가 너무 심하다. 새하얀 빛을 손끝에 모으며 엘은 다른 무기를 만들어 냈다.

"그럼…… 어디 해보자고."

『크와아아아아아아아아아아아아아아아아아아아아아악.』

기괴한 절규를 지르며 독거미가 독액을 토했다. 끈적한 보라색 액체가 쏟아진다.

엘은 발을 굴러 독액을 피했다. 몇 방울이 튀어서 피부를 태웠지만 문제는 없다. 움직이는 데 방해가 될 정도의 부상이 아니라면 신경 쓸 가치가 없었다. 무기를 손에 쥔 채 독거미의 옆으로 뛰었다.

거미는 가늘면서 예리한 다리를 휘둘러 공격해 들어온다. 좌로 굴러 피한 다음 앞을 향해 땅을 박찼다.

땅에 커다란 상흔이 새겨지고 꽃잎들이 흩날렸다. 이번엔 오른쪽에서 공격이 온다. 앞으로 몸을 굴려 교차하듯 피했다.

위에서 몸을 꿰뚫을 듯한 일격이 떨어져 내렸다. 간발의 차이로 몸을 젖힌 뒤, 후방으로 훌쩍 공중제비를 넘어 이어지는 공격도 피했다. 엘은 복잡하고 유연한 움직임으로 끊임없이 쏟아지는 공격을 계속해서 회피했다. 지그재그로 땅을 박차고, 때로는 곡선을 그리며 독거미를 농락했다.

이래선 결말이 나지 않겠다는 생각에 초조해졌겠지. 독거미가 엉덩이에 꽉 힘을 주었다.

엘은 바로 이 순간을 기다리고 있었다.

독거미는 **실을 뿜기 마련이다.**

"이브!"

"『퀸퀘』!"

미리 사전에 의논해 둔 게 아니었는데도 의도가 제대로 전해진 모양이다.

이브는 자기 소환수의 사용법을 정확히 알고 있었다. 과연 소환 능력을 장기로 삼을만했다.

내심 만족스레 고개를 끄덕이고서 엘은 한 손으로 주먹을 쥐었다. 소환된 퀸퀘는 펄쩍 뛰어 몸으로 실을 막아 독거미가 뿜어낸 필살의 일격을 무력화시켰다. 그 틈을 타 엘은 독거미를 향해 달려들었다.

바닥까지 숙인 머리를 발로 짓밟고서.

산탄총을 겨눴다.
그리고 속삭였다.

"『축복 있으라.』"

무수한 탄환이 파고들어 독거미의 머리를 통째로 날려버렸다.

몸통이 경련을 일으키며 지면에 쿵 쓰러졌다. 인간의 피를 닮은 붉은 액체가 줄줄 흘러 땅을 적신다.

이제 저건 더 이상 움직이지 않는다. 괴물은 짧고도 뒤틀린 생을 마쳤다.

하지만 엘은 독거미의 숨이 끊어지는 모습에 시선을 주지 않았다. 괴물이 지키고 있던 방향, 공터 구석으로 눈길을 옮겼다. 이 장소를 둘러싼 건물의 벽면 앞에서 엘은 예상하던 인물을 찾아냈다.

검은 로브로 온몸을 가리고 있는 술사다.

찌그러진 귀금속 장식들을 주렁주렁 매단 차림이었다. 독거미의 패배를 눈으로 보고선 적은 잘그락대는 소리를 내며 도망치려고 했다.

산탄총을 든 채 엘이 달려들었다. 총구를 겨누고서 외쳤다.

"천사 경찰이다! 꼼짝 마! 구멍투성이가 되고 싶냐!"

"……큭."

"네 녀석이 이 저주를 건 술사군…… 얌전히 붙잡히도록 해. 변명은 서에서 듣지."

"……여왕의."

"뭐?"

엘이 눈살을 찌푸렸다. 기분 나쁜 예감을 느끼고서 다시 달려들었다.

그러나 술사가 스스로 입을 틀어막는 게 더 빨랐다. 덩치 큰 대머리 남자는 무언가를 억지로 삼켰다. 엘이 범인을 붙잡고서 토하게 하려고 했지만, 입에서는 이미 대량의 붉은 액체가 울컥 넘쳐흘렀다.

"……무슨."

"여왕, 의."

녹아버린 내장이었다.

이미 살아나긴 틀렸다.

"여왕의. 영광은, 오직 우리 곁에만, 존재한다…….."

그게 마지막 말이었다.

모든 내장을 토해내고서,

술사는 허무하게 죽음을 맞이했다.

* * *

엘은 천천히 숨이 끊어진 남자를 땅에 내려놓았다.

고통으로 눈을 부릅뜨고 있는 처참한 시체를 가만히 바라보았다. 이미 범인한테서 여러 가지 정보를 캐내는 건 불가능했다. 천사와 악마를 노린 목적도, 범행 동기도, 어둠 속에 묻혔다. 그 사실에 엘은 가벼운 짜증을 느꼈다. 하지만 이내 고개를 떨구고 작게 중얼거렸다.

"......『여왕의 영광은 오직 우리 곁에만 존재한다』라."

범인의 마지막 말.

그것과 똑같은 말을 읊조리는 걸 들은 적이 있었다.

"......샬레이나 서장도 같은 소릴 했어. 대체 어떻게 된 거야?"

"엘 씨, 저 무서웠어요오오오오오!"

"아— 진짜— 너는— 정말이지—!"

퍽, 소리가 나도록 강하게 끌어안긴 엘이 어처구니없어하는 목소리로 말했다.

갑작스러운 지시에도 잘 따라줬을 때처럼 눈치 좀 챙겨줬으면 하는 바람이었다. 이번엔 또 무슨 일인지——그만큼이나 훌륭한 전투를 보여줘 놓고서—— 이브는 펑펑 울고 있었다.

자수정 눈동자에서 닭똥 같은 눈물이 떨어진다.

"저 스스로는 싸울 힘이 없으니까요오오오오오."

"그러고 보니 그랬지."

"게다가 엘 씨는 저렇게 무시무시한 괴물과 싸우고 있고요오오오오오오오."

"엥? 너는 전투 중에 내 걱정을 했던 거야?"

"네?"

그 말에 이브는 튕기듯 고개를 들었다. 어리둥절해하면서 고개를 갸웃거린다.

으으음, 하고 엘은 팔짱을 끼었다. 이브는 눈물은 물론이고 콧물까지 질질 흘리고 있느라 예쁜 얼굴이 엉망이었다.

그런 한심한 얼굴을 한 채로 이브가 이상하다는 듯이 눈을 깜빡였다.

"이상, 한가요?"

"으으음── 이상하다면 이상하기도 하지만 그래도 기뻐. 고마워."

엘은 선뜻 감사 인사를 건넸다. 자기가 느낀 감정에는 거짓말을 하지 않는다. 상대가 악마여도, 목숨 걸고 싸우는 와중에 걱정까지 해준 마음이 기껍게 느껴졌다. 그래서 엘은 주저 없이 대답할 수 있었다.

어째선지 이브의 얼굴이 새빨개졌다. 연보랏빛 눈동자를 숙이고서 작은 소리로 더듬더듬 말했다.

"엘 씨는 천사면서, 의외로 이것저것 분명하게 말해주시네요…… 저를 믿어주시기도, 하고…… 기쁘다거나…… 고맙다거나."

"뭐야? 그게 나빠?"

"아니에요! 저는 한심한 악마라 이런 적이 처음이라, 그래서."

이브가 힘없이 말꼬리를 흐렸다.

순간 엘은 깨달았다.

아, 이 악마도 나와 같구나.

동족들 내에서 외톨이었던 건가.

"……그래서 그게, 누군가가 믿어주는 것도 괜찮은 느낌이구나 해서."

부끄러운지 말이 점점 줄어든다. 뭐라뭐라 중얼대면서 이브가 몸을 배배 꼬았다.

그 분위기에 엘까지 덩달아 부끄러워지기 시작했다. 괜히 먼 곳을 바라보며 입을 열었다.

"뭐, 뭐어 버디는 신뢰도 중요하니까."

"……네!"

이브가 크게 고개를 끄덕였다.

왠지 모르게 자연스레 엘은 손을 내밀었다.

눈앞에 있는 악마가 너무나도 순진무구한 표정을 짓고 있어서 그런 거다. 강아지를 쓰다듬듯 이브의 머리를 쓰다듬어 줬다. 싫어할 줄 알았는데 이브는 골골거리는 목울음 소리까지 내면서 좋아했다. 어린애처럼 순진한 애구나 싶었다. 한껏 쓰다듬고 난 다음 술사의 시체 쪽으로 고개를 돌렸다.

인간이었던 것. 그 참혹한 잔해를 보며 엘은 무거운 어조로 입을 열었다.

"그리고 우리가 짠 버디는 아마 좀 더 이어질 거야."

"그런가요?"

"아마도. 이걸로 끝이 아니야."

험악한 표정으로 말을 맺었다. 엘은 알 수 있었다.

아마 사건은 형태만 바꾼 채 계속 이어질 것이다. 그런 기분 나쁘고 절대적인 예감이 들었다.

찾아올 가혹한 미래를 각오하는 것처럼 엘은 시체를 계속 노려보았다. 그러는 동안에도 이브는 꼬물거리며 움직였다. 그 기척에 엘이 응? 하고 이브 쪽으로 시선을 향했다.

이브는 올곧게, 엘을 향해 손을 쭉 내밀고 있었다. 뜻을 알 수 없는 행동에 엘이 고개를 갸우뚱했다.

"무슨 뜻이야?"

"으음, 처음 버디를 맺게 된 과정은 억지스러웠지만요, 그래도 계속 버디를 하는 거라면 다시 한번 악수라도 나누는 게 좋지 않을까 해서……."

엘은 눈을 깜빡였다. 이브의 말에 어안이 벙벙해졌다.

사건은 여전히 끝나지 않았고.

주변은 시체들로 가득.

두 사람은 이제 막 전투를 마친 참.

그런 상황에서 악수다.

우스워져서 엘은 무심코 뿜어버렸다. 그러고 보면 누군가를 진심으로 신뢰하고서 함께 싸운 것도, 머리를 쓰다듬은 것도 처음이었다. 상대는 악마인데 참 이상한 일이라는 생각이 들었다. 그런데도 엘의 마음은 이 모든 게 나쁘지 않다고 말하고 있다. 엘의 반응에 이브는 왜 그러지 싶어서 허둥거렸다. 이브의 초조함은 무시한 채 엘은 마음 내키는 대로 실컷 웃었다. 이러니저러니 해도 단언하건대.

이런 것도 나쁘지 않다는 생각이 든다.

웃느라 흘린 눈물을 훔치고서 엘이 밝은 목소리로 대답했다.

"그래, 서로 인사가 아직이었어."

"네."

"시작은 마음에 들지 않았지만 뭐, 잘 부탁해."

"네, 잘 부탁드릴게요!"

천사와 악마는 처음으로 서로의 손을 쥐었다.

새하얀 꽃잎이 주변에 춤추고 있었다.

"둘 다 수고가 많았군. 천사와 악마의 버디는 전례가 없는 일인데도 훌륭한 일 처리였어."

"넵."

"네엣."

엘은 천사 경찰 본부로 귀환해서 보고를 마친 뒤—— 샬레이나 서장에게 경례를 올렸다.

엘이 경례하는 모습을 곁눈질로 흉내 내면서 이브도 어설프게 비스듬히 세운 손을 이마에 붙였다. 혹시 틀리진 않았나 불안한 건지 자꾸만 엘을 흘끗거리다가, 이내 틀리지 않았다는 확신이 선 듯 허리를 펴고 자세를 바로잡았다.

샬레이나는 짧게 고개를 끄덕이고서 다시 입을 열었다.

"범인이 스스로 목숨을 끊은 건 아쉬운 일이지만 시체에서 얻을 수 있는 정보도 적지 않아. 더 이상 새로운 피해가 생기지 않도록 저지한 것으로 만족하도록 하지…… 시간이 많이 늦었군. 오늘은 그만 쉬어도 좋다. 엘 플랙티어는 그만 관사에……."

"한 가지 여쭤봐도 되겠습니까, 샬레이나 서장님?"

"뭐지?"

무슨 일이냐는 듯이 샬레이나의 눈썹이 꿈틀했다.

엘은 심호흡을 했다. 이건 괜히 긁어 부스럼을 만드는 짓일지도 모른다. 어쩌면 잠자는 사자의 코털을 뽑는 거나 마찬가지일 수도 있다. 즉, 이 질문이 어떤 결과를 초래할지 전혀 알 수 없었다.

하지만 엘은 각오를 다졌다. 몸을 잔뜩 긴장시키면서 물었다.

"저주를 건 술사가 마지막으로 남긴 말에 대해서입니다."

그렇다, 이해할 수 없는 수수께끼 같은.

귓가에 남은 그 말.

『여왕의 영광은 오직 우리 곁에만 존재한다.』

"……그렇게 말하고서 범인이 숨을 거뒀나?"

"네…… 이전에 서장님이 혼잣말로 중얼거리셨던 말과 똑같았습니다. 혹시 짐작 가는 게 있으십니까?"

엘은 망설이지 않고 분명하게 말했다. 상대방은 상사인데도 당당하게 의심을 드러냈다.

이건 우연으로 겹칠만한 말이 아니다. 무언가 관련이 있음은 틀림없다.

그러나 샬레이나가 보여준 반응은 예상 밖이었다. 그녀는 다른 데 정신이 팔렸는지, 뒤에 덧붙였던 엘의 의심 어린 질문은 제대로 듣지도 못한 기색이었다. 가녀린 손가락으로 얼굴을 쓸면서 멍하니 중얼거렸다.

"…………역시, 그랬군.『그쪽』관련이었나. 하지만 어디지."

"저, 서장님?"

"……양보할 것인가, 뒤처질 것인가. 결코…… 아아, 걱정하지 마라, 엘 플랙티어."

갑자기 샬레이나의 표정이 부드러워졌다. 옅은 붉은색 눈동자가 제복을 입은 엘의 모습을 비추고 있다. 마치 자랑스런 딸을 바라보는 듯한 시선과 함께 말한다.

"적절한 때가 오면 자네에겐 말해주지. 약속하마. 내가 천사에게 해를 끼치는 일은 없어."

"⋯⋯지금은 얘기해 줄 수 없다, 그런 뜻입니까?"

"그렇게 생각해도 상관없다. 자네는 이만 쉬게⋯⋯ 하지만."

갑작스레 샬레이나의 시선이 움직였다. 예리한 눈빛이 이브에게 꽂힌다.

뜬금없는 주목에 이브는 펄쩍 뛰어올랐다. 역시 위협의 일환이었는지, 날개를 파닥파닥 움직인다.

그 모습을 응시하면서 샬레이나가 엄격한 말투로 말을 이었다.

"거기 있는 악마는 두고 가도록. 묻고 싶은 게 있다."

마치 이제부터 적을 상대로 심문을 시작하려는 것처럼,
험악하고, 날카로운 어조였다.

* * *

달칵, 하는 소리를 내며 엘은 자기 방에 들어와 문을 닫았다.

샬레이나의 축객령이 떨어진 후 반쯤 떠밀리듯이 나올 수밖에 없었다.

더 물고 늘어져 볼까, 고민도 해봤다. 하지만 지금 자기와 서

장 사이에 심각한 갈등의 골이 생긴다면 파트너인 이브의 입장
도 위태로워진다. 그걸 알고 있었기 때문에 억지를 부리기가 힘
들었다.

권력에 대들 거라면 책임도 혼자 져야지, 자기 말고 옆에 있던
남까지 말려들게 만드는 건 엘의 신념에 어긋나는 행동이다. 하
지만 그렇다고 이브를 그 자리에 남겨두고 오는 게 잘한 행동이
었던 걸까. 샬레이나 서장한텐 무언가 비밀과 의혹이 있다. 물
론 그 자리에 억지로 남는 선택을 했더라도 이브한테 어떤 식으
로든 피해가 가는 건 마찬가지였겠지.

알 수 없었다. 하나부터 열까지 알 수 없는 것투성이였다.

"아— 진짜—!"

깊은 한숨을 푹 쉰 다음 다이빙하듯 침대에 몸을 던졌다. 발을
휘둘러 신고 있던 신발을 내던지고서 천장을 바라보며 누웠다.
속만 태우고 있어봤자 해결되는 건 없다. 그래, 지금은 체력 회
복에 집중하자. 엘은 다짐하며 눈을 감았다. 조용히 시간이 흘
러간다. 이브는 여전히 돌아오지 않는다. 무슨 질문을 듣고 있
을지 불안해진다.

엘이 눈을 떴다. 멍하니 천장을 올려다보며 중얼거렸다.

"대체 뭐야."

『여왕』이라는 단어도 묘하게 신경이 쓰였다.

그건 성구에서 가끔 튀어나오는 이름이자, 천사들이 우러러보
는 존재다.

하지만 엘은 문헌을 읽어본 적이 있어서 안다. 엘이 태어나기

이전의 일이지만──분명 300년 전쯤까진──『하느님』이야말로 천사의 상징이었다.

그런데 신앙의 대상이 바뀌더니 지금은『여왕』이 그 자리를 장식하고 있었다.

천사의 신앙의 대상이자 축복에도 새겨진 존재인데도, 생각해 보니 엘은『여왕』이라는 존재가 어떤 존재인지 모르고 있었다. 상세한 내용은 어떤 책에도 실려있지 않았다. 다시 말해 엘만 잘 모르는 게 아니라는 뜻.

어쩌면 천사 중 아는 사람은 아무도 없는 게 아닐까.

그런데도 누구도 빠짐없이 애매모호한 존재를 숭배하고 떠받들고 있다. 다시 생각해 보니 너무나도 이상하고 왜곡된 상황이었다. 그리고 엘에겐 한 가지 더 신경 쓰이는 단어가 있었다.

"『이곳은 모형 정원. 여왕은 한 사람…….』

이윽고 백성들은 깨닫는다.

천 년의 안식이 이어져 온 행복과 행운을.

분명 꿈에서 들은 말이었다. 엘의 눈이 가늘어진다.

"……『여왕』이란 대체."

"……저기, 엘 씨, 다녀왔습니다."

그때 문이 열렸다.

문틈 사이 빼꼼 몸을 내민 이브를 보자마자 황급히 몸을 일으켰다. 지체 없이 바로 상태부터 확인했다. 몸도 멀쩡하고 정신적으로도 이상 없어 보인다. 무사히 방까지 올 수 있을지도 걱정이었는데, 서장실에서 여기까지 오는 길은 기억하고 있었나 보다. 달려들 듯한 기세로 엘이 이브를 맞았다.

"어서 와! ……그런데 여기는 내 방이지 네 집이 아닌데, 다녀왔다니?"

무사한 모습을 확인하고 마음이 풀리고 나자 괜히 이브의 인사가 마음에 걸렸다. 다녀왔다니 무슨 뜻일까.

엘의 말을 들은 이브는 난처한 듯이 날개를 파닥거렸다. 그러면서 살짝 볼을 부풀린다.

"그 말은 맞지만, 사소한 건 신경 쓰지 않아도 되잖아요."

"사소하지 않아!"

"『다녀왔어요』라고 인사하면 『어서 와』하고 맞아주는 게 기쁘다고요."

엘 씨는 아닌가요? 이브가 시무룩한 기색으로 물었다.

째깍째깍째깍, 초침 소리와 함께 엘이 몇 초간 생각해 봤다. 다녀왔다는 이브의 말에 안도감을 느낀 건 사실이다. 결론을 내리고서 고개를 끄덕인 뒤, 그대로 침대에 풀썩, 하고 드러누웠다.

"맞는 말이네."

"그러면…… 다녀왔습니다!"

"어서 와…… 그래서 서장님이 물어본 건 뭐였어?"

뭘 물어봤을지 못내 신경이 쓰였다. 샬레이나가 이브만 남기고 엘은 등을 떠밀듯 쫓아낸 이유가 궁금했다. 대체 이 악마답지 않고 얼빠진 구석이 있지만 순수한 소녀에게 뭘 물어보려고 했을까. 엘의 질문에 이브는 고개를 갸웃했다.

"으음— 이것저것 잘 이해가 안 가는 질문을 들었어요."

"뭐야 그게…… 정확히는?"

"아빠에 대해서나, 엄마에 대해서나, 부모님과의 추억이라거나…… 그런데 저, 사실은 잘 기억이 안 나서 대답할 수 있는 게 거의 없었어요."

이브가 슬프게 웃었다. 그 웃음 속에선 외로움을 넘어 체념으로 바뀌어 버린, 오랜 시간 이어져 온 고독함이 엿보였다. 어린 시절의 기억을 더듬는 것처럼 이브가 미간을 찌푸렸다.

"엄마가 자상한 분이었던 거랑, 옷을 이렇게 입기로 약속했던 것 정도밖에 기억이 안 나서요…… 오늘 있었던 일로 제가 천사 경찰에 협조적이고 거짓말을 할 것 같지 않다는 점도 확인했으니까, 『너는 이제 됐어』라고 하셨어요."

"『너는』이라…… 『이제 됐어』가 말 그대로의 의미처럼 들리지는 않네."

엘이 낮게 중얼거렸다. 한 마디로 샬레이나는 이브에게——정확히는 이브의 부모님에 대해—— 무언가 기대나 의혹을 품고 있었다는 거겠지.

그런데 이브에겐 부모님의 기억이 없었다. 그래서 실망했다. 그렇게 추측할 수 있다.

엘의 표정이 점점 험악해지기 시작했다.

"역시 이거 뭔가…… 아니 너는 좀—! 분위기 파악을 하라고—!"

"영차, 웃차…… 그럼 안녕히 주무세요."

"게다가 내 침대잖아!"

푹신푹신한 이불 속에 몸을 묻고서 이브가 눈을 감았다. 또 당당하게 침대에 기어드는 모습에 엘은 펄펄 뛰었다. 오늘 밤에는 반드시 소파에 재울 작정이었다. 아랑곳하지 않고 이브는 거위 깃털로 빵빵하게 채워진 베개에 얼굴을 비비면서 반쯤 감긴 눈으로 중얼거렸다.

"넓잖아요…… 그러니까 괜찮아요."

"안 괜찮아! 내려가!"

"음냐음냐."

"어휴 됐어, 내가 내려갈 거야!"

어쩔 수 없이 엘이 한발 물러났다. 이미 침대에 몸이 흐물흐물 녹아버린 악마가 소파로 이동하긴 글렀다. 엘이 소파로 가려고 침대에서 획 내려가려고 했을 때 갑자기 손목을 붙잡혔다. 무슨 일인가 싶어서 돌아보자 꾸벅꾸벅 졸면서 이브가 속삭였다.

"같이, 자자고요."

"아니, 너 말이야…… 천사와 악마가 나란히 누워서 잔다는 소리는 들어본 적이 없는데."

"둘이서 자는 게, 더 따뜻해요."

그렇게 말을 맺은 다음 이브는 완전히 눈을 감았다. 쿠울, 하고 편안하게 잠든 숨소리를 낸다. 그러면서도 엘의 가느다란 손목은 여전히 붙잡은 채다. 엘이 붙잡힌 팔을 붕붕 흔들어 보자 이브의 왼쪽 손목에 감긴 수갑이 따라서 절그럭거리는 소리를 냈다. 수갑이 흔들리는 소리에도 이브는 눈을 뜨지 않았다. 손목도 놔주지 않는다.

엘은 하아, 하고 한숨을 쉬었다. 침대에 앉은 채 창문으로 시선을 돌렸다.

커튼 틈 사이로 내려앉은 짙은 어둠이 보였다. 문득 오두막 문틈 사이로 보았던 꿈틀거리는 도마뱀들의 모습이 머릿속에 떠올랐다. 오늘 목격했던 여러 끔찍한 괴물들, 그리고 저주 술사의 참혹한 시체가 뇌리를 스쳤다.

엘은 왠지 모를 한기를 느꼈다. 동시에 귓속에 이브가 했던 말이 재생된다.

둘이서 자는 게, 더 따뜻해요.

"……뭐, 맞는 말이네."

게다가 방 주인은 자기인데, 주인이 소파에 가서 자는 것도 왠지 울화통이 치밀었다.

오늘도 잠옷으로 갈아입고 자기는 그른 모양이다. 뭐, 상관없나. 엘은 혼자 고개를 끄덕이고서 이브 옆에 나란히 누워 깃털 이불 속에 몸을 묻었다. 누워서 이브의 코를 한번 꼬집어 주자, 후미잉, 하고 이상한 소리를 내며 싫어하는 기색을 보인다. 그 모습에 웃어주고 엘이 눈을 감았다. 오늘 밤도 지쳤다.

되새겨 보면 격동의 하루였다. 의식이 빠르게 수마에 가라앉는다.

따스한 어둠 속에 잠기기 직전에 엘이 한 마디 중얼거렸다.

"잘 자, 이브."

악몽은 꾸지 않았다.

너와 함께 자고 있음을.

마음으로 느꼈던 덕분일지도 모른다.

＊ ＊ ＊

"이야아, 당신이 소문으로 듣던 이브 씨군요! 처음 뵙겠습니다. 저는 루나라고 합니다! 보시다시피 수인이에요. 천사 경찰…… 특히 엘 씨 밑에서 일하고 있습니다."

"자, 잘 부탁드릴게요…… 저, 저기요."

"왜 그러세요?"

"꼬리, 만져보면 안 될까요?"

"아, 그럼요. 얼마든지요."

"폭신폭신."

"둘이 뭐 하는 거야."

여왕의 석상이 내려다보는 앞—— 천사 경찰 본부 입구.

푸른 하늘 아래에서 펼쳐지는 두 사람의 대화를 보고서 엘이 자기도 모르게 끼어들었다.

이브는 루나의 폭신폭신한 꼬리에 얼굴을 파묻고 있었다. 깨끗한 털의 냄새를 한껏 들이마신 이브가 헤실헤실 헤픈 웃음을

짓는다. 햇살 냄새가 난다나. 그 말에 루나가 아하핫— 하고 웃으며 쑥스러운 기색을 내비쳤다. 이브는 행복해 보이고 루나도 그리 싫지 않은 모습이다. 악마와 수인이 딱 붙어 있는 모습에 근처를 지나가던 천사 경찰들이 쓰레기를 쳐다보는 시선을 던지며 지나가긴 했지만, 아무튼 평화로운 광경이었다.

뭐, 상관은 없긴 한데, 라고 생각하면서도 엘이 덧붙였다.

"조금 긴장감을 가지라고…… 술사가 죽은 상황이야. 술사가 남긴 마력의 잔재는 점차 옅어져서 내일쯤이면 냄새를 맡을 수 없을 정도로 희미해져. 쫓으려면 무조건 오늘밤에 시간이 없으니까."

"걱정 마세요! 냄새를 추적하는 건 전부 맡겨만 주시죠!"

루나의 씩씩한 경례에 엘도 고개를 끄덕였다.

역시 루나는 믿음직스럽다.

엘은 샬레이나가 맡긴 작은 상자를 열었다. 안에는 기묘한 문장이 새겨진 금속 파편이 들어 있었다. 수지와도 비슷한 촉감이 느껴지는 소재 위에는 마치 뱀처럼, 거미줄처럼, 담쟁이덩굴처럼 복잡하게 얽혀 있는 무언가가 새겨져 있었다. 척 보기에도 불길하고 꺼림칙한 기운이 넘실거린다.

루나의 꼬리에서 얼굴을 뗀 이브가 물었다.

"그건……."

"아까 설명했잖아. 이건 범인의 로브에 붙어 있던 장식의 파편이야. 강력한 주술이 꼼꼼하게 새겨져 있어. 이걸 몸에 달고서 동료와 접촉했다면 그 동료에겐 마력의 흔적이 묻어 있을 거야. 그걸 쫓는 거지."

"그래서 저 루나가 나설 차례라는 겁니다."

루나가 그렇게 말하며 황금색 눈동자로 찡긋, 윙크했다. 짐승 귀가 자랑스럽게 쫑긋쫑긋 움직인다.

이브의 눈이 동그래졌다. 깜짝 놀랐다는 듯이 루나에게 묻는다.

"그런 게 가능한가요?"

"네, 마력의 냄새를 맡는 뛰어난 후각이 제 특기거든요. 지부에서 허드렛일이나 식당에서 일하는 게 아니라 천사 경찰 본부에서 심부름하게 된 이유기도 하고요."

루나가 유연한 꼬리를 부드럽게 흔들었다.

엘도 그 말에 조그맣게 고개를 끄덕였다.

그래서 루나는 본부에 상주하는 걸 허락받은 유일한 수인이 되었고―― 다른 천사 경찰한테 엄청나게 괴롭힘을 당했다. 어떤 천사는 장난삼아 루나의 귀를 자르려고 했다.

물론 엘은 그 짓을 한 녀석한테 가서 천사라는 이름에 어울리던 예쁜 얼굴에 부츠를 박아 넣어줬다.

코피를 뿜는 대소동이 벌어진 후, 루나는 진지한 얼굴로 엘에게 선언했다. 『당신이야말로 얘기로만 들었던 정의로운 천사님이로군요』라고. 그 말에 엘은 『그야 천사이긴 하지』하고 웃었다.

그때부터 두 사람의 인연이 시작되었다.

"자, 그럼 열심히 해보겠습니다."

엘이 그리운 옛 추억을 떠올리는 동안 루나가 등줄기를 쭉 폈다.

공손한 태도로 엘에게 상자를 건네받고선 쿵쿵, 하고 금속 파편의 냄새를 맡았다. 그러고는 바로 얼굴을 찡그렸다. 더러운 양말 냄새라도 맡은 것처럼 바로 코를 떼고 파편에서 멀어졌다.

"으왓, 이거 정말 지독한 냄새네요! 피를 기름 속에 넣은 다음 진흙을 섞어서 부패시킨 듯한 냄새예요. 앗, 그래도 워낙 독특한 냄새라 구분하기는 쉽겠네…… 다시 한번…… 우웩."

"뭔가 알아냈어?"

"흐음흐음…… 이쪽입니다. 저를 따라오세요!"

호쾌한 걸음걸이로 루나가 앞장섰다. 엘과 이브는 뒤를 따라갔다.

탐색 범위가 굉장히 넓었던 모양이다. 중간부턴 방법을 바꿔서 승객이 직접 속도를 지시할 수 있는 자율 주행 마차를 빌렸다. 회수권을 5장이나 받는 고급 마차지만 감수할 수밖에.

루나가 공기 중에 떠도는 냄새를 맡는 빈도에 맞춰 이동 속도를 조절할 필요가 있었다.

속도 레버를 조작하면서 천천히 한 곳만 맴돌기도 하고, 빠르게 달리기도 하는 등, 세 사람은 여러 장소를 탐색하며 돌아다녔다. 처음 도착한 곳은 인간들의 슬럼가였지만, 이곳은 더 이상 탐색할 의미가 없다고 결론이 나와 시무룩하게 어깨를 늘어뜨렸다. 그런 다음 점심을 먹고 다시 한번 심기일전해서——다른 누군가한테 옮았을 것으로 짐작되는—— 희미한 냄새가 나는 방향을 쫓았다.

그리고.

"마, 말도 안 돼."

"여기, 인 것 같네요."

엘은 눈을 크게 떴고, 루나는 뺨을 긁적였고, 이브는 고개를 갸웃했다.

박쥐들이 날아다니고, 붉은 장미의 창문이 반짝였다.
세 사람은 노아의 관 앞에 도착했다.

* * *

"너네는 여기서 기다려. 위험하니까 섣불리 움직이지 말고."
엘이 루나와 이브에게 주의를 줬다.

사정을 아는 루나는 무운을 빌며 경례로 답했다. 한편 이브는 한층 더 어리둥절한 표정을 지었다. 그런 이브에게 루나가 흡혈 공주에 대해 설명하기 시작했다. 말로만 들으면 정말 어처구니 없는 이야기였다. 서로 아는 사이면서 매번 습격을 지시한다니, 불합리한 처사에도 이만한 게 없다.

창과 투척 나이프가 날아오는 상황을 각오하고서 엘이 문을 밀었다. 경계심을 잔뜩 끌어올리고 있었는데 아무리 기다려도 습격해 올 기미가 없었다. 의외의 상황에 엘이 미간을 찌푸렸다.

"응⋯⋯?"

"그럼 우리의 『시조』님, 안녕히 가시길."
꽃처럼 가련하고 얼음처럼 시원한 목소리가 들렸다.

시선을 돌리니 웬일로 노아가 바깥까지 나와 있었다. 오늘은 하츠네를 데리고 있지 않았다.

공주다운 기품 있는 자세로 양산을 돌리며 손을 흔들었다. 노아의 양옆에선 시안과 에틸이 흠잡을 데 없는 포즈로 절을 올리고 있었다. 세 사람이 나란히 서 있는 모습은 한 폭의 그림처럼 우아했다.

그런 세 사람의 배웅을 받으며 은색과 검은색으로 장식된 호화로운 자율 주행 마차가 달려갔다. 엘 같은 녀석은——천사 경찰 따위에겐—— 안중에도 없다는 듯이 당당한 태도다.

마차가 시야에서 사라졌을 때 노아도 엘이 온 걸 눈치챘다. 엘을 향해 싱긋 미소를 짓는다.

"어머, 엘. 잠깐 손님이 온 참이었어."

"『시조』…… 흡혈귀의 시작이자 정점이잖아."

"맞아…… 잘 아는걸?"

"그런 자가 직접 행차하다니…… 그게 말이 돼?"

엘이 굳은 목소리로 말했다. 흡혈귀는 불로의 존재다. 그중에서도 누구보다 오랜 세월을 살아가는 최초의 개체—— 그것이 『시조』다. 평범한 흡혈귀 앞에는 그림자조차 드러내지 않는다.

그런 존재가 일부러 발걸음을 옮겨 여기에 왔다는 건 이상 사태나 마찬가지. 두려운 일이라고 표현해야 할지도 모른다.

그런데——그녀 입장에선 그다지 호들갑을 떨 일도 아닌 걸까—— 노아는 태연하게 고개를 옆으로 기울였다.

"오늘처럼 다과회에 오실 때도 있으니까 말이 안 되는 일은 아니지 않을까?"

"다과회? 네가 고귀한 신분을 가진 공주님이라는 거야 알고 있었지만…… 대체 넌 정체가 뭐야?"

엘이 저도 모르게 눈을 가늘게 떴다. 천사 경찰로서 이 흡혈 공주와 알고 지낸 지도 오래됐다.

하지만 엘이 아는 건『이 바위산 산기슭에 갑자기 노아가 저택을 지었고, 주변의 하등 흡혈귀들을 당연한 듯이 지배 아래 두고 있다』는 사실뿐이었다.

여전히 노아라는 공주님의 정체는 베일에 가려진 상태였다.

엘의 진지한 물음에 노아는 살포시 미소를 지었다.

"글쎄, 노아는 그냥 노아니까."

"너는 정말…… 항상 그런 식으로."

"아아아아아아아아아아아아아앗!"

갑자기 두 사람의 등 뒤에서 커다란 목소리가 들렸다. 무슨 일인가 했는데 소리를 지른 사람은 루나였다. 동물 귀와 꼬리까지 바짝 세우고서 저 먼 곳을 향해――『시조』의 호화롭고 고급스러운 자율 주행 마차를―― 손가락으로 가리켰다.

"무슨 일이야? 루나."

"저거예요! 저 마차의 지붕에 그 냄새를 풍기는 자가 달라붙어 있어요!"

"뭐라고?!"

엘의 얼굴이 새파래졌다.

마차에는 다른 사람도 아닌『시조』가 타고 있다.

천사 경찰이 추적하는 도중 표적이 흡혈귀의 정점에게 위해를 가한다면 그야말로 최악의 사태다.

천사와 흡혈귀는 동맹 관계를 맺고 있다. 그렇다곤 하나——아니, 오히려 동맹이기 때문에 더욱더 자칫 잘못했다간 종족 간의 문제로 번질 수도 있었다. 흡혈귀는 종족 간 힘의 균형 같은 문제에는 비교적 무관심한 편이다. 천사의 실수에도 별다른 반응을 보이지 않을지도 모른다. 허나 악마들은 신이 나서 추궁하겠지. 그런 사태를 생각하자 물밀듯이 두통이 엄습했다.

엘은 초조해서 허둥거렸다. 그런데 뒤에 있는 노아는 느긋한 태도로 말했다.

"『시조』님은 강해. 그러니까 괜찮을 거라 생각하는데?"

"그래도 가야겠어!"

"그래, 잘 가."

노아는 하얀 손을 부드럽게 흔들었다. 메이드들도 우아하게 인사를 올렸다. 방해는 하지 않지만 힘을 보태줄 생각도 없는 모양이다. 그 사실에 혀를 차면서 엘은 발걸음을 돌려 왔던 길로 향했다.

어서 서두르라며 루나가 자율 주행 마차에서 내린 채 엘에게 손짓했다. 이브는 이미 마차에 올라탄 상태다. 엘은 그 옆——마부가 앉는 자리——에 앉아 속도 조절 레버를 힘껏 밀었다.

"최대 속도!"

"꺄아아아아아아아아아아아아아아악!"

예고 없는 급가속에 이브가 비명을 질렀다. 하얀 머리카락을 난폭하게 휘날리면서 엘이 몸을 앞으로 굽혔다.

끼리리릭 소리와 함께 자율 주행 마차의 바퀴가 맹렬한 기세로 회전했다. 저 멀리 앞서가는『시조』의 마차를 향해 성난 소처럼 달려갔다. 굉장한 집중력을 발휘하면서 엘은 전방의 마차 지붕을 노려보았다.

그리고서 엘이 날카롭게 외쳤다.

"검은색, 로브 차림…… 찾았다! 어제 그 녀석의 동료!"

루나를 뒤에 두고 왔다는 사실을 엘은 깨닫지 못했다.

* * *

"놓치지 않겠어!"

자율 주행 마차를 조작해 앞서가던 마차 옆에 나란히 붙었다. 그런데『시조』의 마차는 속도를 올리지 않는다.

아슬아슬하게 옆을 지나쳐 추월해 버렸다. 레버를 당겨 이번엔 급격하게 속도를 줄였다. 가해지는 부담에 마차의 바퀴 축이 까드득 소리를 냈다. 옆에 앉은 이브가 울음소리에 가까운 짤막한 비명을 질렀다.

"히끄윽."

"참아! 혀 깨물지 않게 조심하고!"

자기도 주의를 기울이면서 엘이 날카롭게 외쳤다.

격렬한 진동. 비교적 고급이라곤 하나 결국 빌려 타는 마차에 불과하다. 너무 무리한 운전을 하면 망가질 뿐만 아니라 사고를 일으킬 가능성도 있다. 그럼에도 지금은 무리할 수밖에 없었다.

"생각대로 되도록 두진 않겠어!"

엘이 마차를 한층 더 감속시켰다.

상자처럼 생긴 마차 옆에 마부석을 최대한 가까이 가져다 댔다.

충분히 거리가 가까워지자 엘은 일어서서 팔을 뻗었다. 긴급 사태지만, 가능한 무례한 인상을 주지 않을 정도로 힘을 조절해서 검은색으로 윤이 나는 창문을 두드렸다. 그 순간 엘이 탄 마차가 돌을 밟았다. 엘의 몸이 위아래로 튕기면서 균형을 잃었다. 이브가 재빨리 잡아준 덕분에 큰일 없이 무사히 버틸 수 있었다. 고맙다는 인사를 할 여유도 없이 엘은 창문을 지그시 바라보았다.

초조함을 느낄 정도로 시간이 지나고서야 창문이 열렸다.

창문 안으로 귀부인의 가면을 쓴 흡혈귀의 얼굴이 보였다. 가면 아래로 드러난 입술의 형태만으로도 상대는 성별을 따지는 게 무의미할 정도로 엄청난 절세의 미모를 가진 사람이라는 걸 알 수 있었다.

고귀한 위압감을 드러내면서 『시조』는 엘에게 조용히 말했다.

"무슨 용건인가, 어린 천사여. 곡예라면 다른 데서 해주면 좋겠군. 나는 던져 줄 은화도, 동화도 없고, 박수도, 환호도 건네지 않을 것이다."

"그게 아닙니다. 『시조』님의 마차에 무도한 범죄자가 달라붙었습니다. 지금 바로 마차를 멈추고……."

"아아, 그 날벌레인가. 계속 따라오고 있더군."

"알고 계셨던 건가요?!"

"그저 눌러 죽이는 거라면 손가락을 튕기면 그만이야. 그러나 더러운 마력이 섞인 피는 불쾌하거든. 나를 노리고 있긴 하나 이빨을 드러내기 전까진 무시해도 괜찮을 거라 생각했다만."

『시조』는 여유로운 어조로 말했다.

목구멍까지 치솟은 불만을 필사적으로 삼켰다. 고등 종족은 이래서 문제다. 속세를 등지고서 하등 생물에겐 시선조차 주지 않는다. 특히 고고하고 오만한 흡혈귀는 상대방이 어떤 종족이든 관심을 보이지 않았다. 그래도 엘은 지금은 대처해 주실 수 없겠냐고 부탁하려고 했다.

하지만 말을 꺼내기도 전에『시조』는 내키지 않는다는 듯이 중얼거렸다.

"흠…… 역시 다른 종족이 얽히면 제대로 풀리는 법이 없어. 옛날부터 항상 그랬지…… 생각해 보면 땅을 이동하는 것 자체가 귀찮은 사태를 초래하는 걸지도 모르겠군."

"잠깐 제 말을!"

"해충 구제에 수고가 많아. 뒷일은 맡기도록 하마, 어린 천사여."

딱, 하고『시조』는 손가락을 튕겼다. 그러자 몸이 검게 붕괴하면서 흔적도 없이 사라졌다.

엘은 할 말을 잃고 말았다. 고위 마술을 사용한 걸까, 아니면 눈에 보이지 않는 무언가로 변화한 걸까, 어느 쪽이든『시조』는 마차에서 탈출했다. 이걸로『시조』의 안위를 염려할 필요는 없어졌다.

그렇지만 그래서 이걸로 만사 해결이냐고 묻는다면.

"하여간 윗사람이란 놈들은 하나같이 열받아!"

"엘 씨, 엘 씨. 어떻게 해야 하죠?"

옆에서 이브가 허둥대며 물었다.

최선을 다해 냉정을 유지하려고 노력하며 엘이 머리를 굴렸다.

다행스럽게도 양쪽 다 자율 주행 마차를 탄 상태다. 속도는 일정하게 유지되고 있다. 이대로 『시조』의 마차에 옮겨 타서 적을 붙잡을까── 엘이 그런 생각을 떠올린 순간이었다.

"뭐?"

"흐헥."

덜컹, 하는 소리와 함께 『시조』의 자율 주행 마차가 급가속을 시작했다. 막힘없이, 그러면서도 맹렬한 기세로 바퀴가 회전한다. 설마 싶어서 『시조』의 마차 마부석 쪽으로 시선을 돌렸다.

지붕에 달라붙어 있었던 검은 로브의 인물이 어느샌가 마부석에 올라타 있었다. 속도 조절 레버를 있는 힘껏 앞으로 밀고 있는 게 보였다. 『시조』라는 표적을 놓친 상태니 이제 몸을 숨길 필요도 없어진 거겠지. 속도를 올려 도망치려는 수작이었다.

이쪽을 어지간히도 깔보는 행동이 아닐 수 없었다.

엘은 눈앞의 레버를 힘주어 밀었다.

"놓칠까 보냐아아아아아아아아아아앗!"

"으햐아아아아아아아아아아아아악!"

엘의 노성과 이브의 비명이 울려 퍼진다.
두 대의 마차는 격렬한 추격전을 개시했다.

* * *

덜컹덜컹덜컹, 엄청난 소음을 내며 바퀴가 회전한다.
마찰로 인한 불꽃을 튀기며 자율 주행 마차가 커브를 돌았다.

엘이 탄 마차는 삐걱대는 위태로운 소리를 내면서 크게 흔들
렸다.

이제 슬슬 망가지느냐 마느냐의 경계에 아슬아슬하게 걸친 수
준이다. 애초에 『시조』 전용 마차와는 내구성부터 현격한 차이
가 났다. 엘은 속으로 제발 어떻게든 버텨달라고 기도했다. 하
지만 한숨 돌릴 틈도 없이 다음 커브 구간이 다가온다. 또다시
반대쪽으로 마차가 확 쏠리자 절로 심장이 쪼그라들게 만드는
진동과 함께 두 사람은 짓눌리듯 벽에 부딪혔다.

삐야아아아악, 하고 비명을 지르면서 이브가 뒤로 튕겨 날아
갔다. 그런 이브의 팔을 꽉 붙잡으면서 엘은 다른 쪽 손에 권총
을 쥐었다. 바로 마부석을 향해 발포. 그러나 이런 극심한 진동
속에서 제대로 조준이 될 리가 없다.

"아— Ah—, AH—."

그러는 동안에도 상대는 양손을 모았다. 어두운 목소리로 주문을 외는 소리가 소음을 뚫고 귓가에 닿는다.

상대방의 양 손바닥 사이에 불길하기 짝이 없는 검은색 불꽃 구체가 완성됐다. 적은 그 불꽃 덩어리를 엘을 향해 발사했다. 물론 극심한 진동에 시달리고 있는 건 상대도 마찬가지다. 엘과 이브를 노렸던 구체는 빗나갔다.

그러나 대신 두 사람이 탄 자율 주행 마차에 스치고 말았다. 화륵, 하고 기분 나쁜 소리가 울렸다.

천으로 만든 지붕 일부가 불길에 휩싸이기 시작했다. 붉은 눈을 크게 뜨면서 엘이 저도 모르게 소리쳤다.

"큰일이야!"

"어, 어어어, 어떻게 해야 하죠? 엘 씨."

마차는 여전히 질주하고 있다. 하지만 마술로 일으킨 불꽃은 바람의 영향을 받지 않는 모양이다. 강한 맞바람에도 점점 불길이 지붕을 집어삼키고 있었다. 타닥타닥 불꽃이 튀는 소리와 함께 두 사람한테까지 열기가 닿는다.

이대로라면 추적은 불가능하다. 당장 상대방을 쓰러트릴 수밖에 없다.

그렇게 정한 엘은 연이어 사격했지만 맞질 않는다. 박격포를 쏘는 것도 한 방법이겠지. 그러나 발사까지 시간이 너무 오래 걸린다. 산탄총을 시도해 볼까. 발밑이 불안정한 지금 산탄총은 반동이 너무 세다. 잠깐 고민하긴 했지만, 지금은 자기 몸을 걱정하고 있을 상황이 아니다. 이전에도 다칠 위험을 무릅쓰고서

라도 혼자 힘으로 위험한 상황을 극복하고 상대를 제압했던 엘이다. 죽기 아니면 까무러치기라는 마음으로 위험한 방법을 고르려고 했던 바로 그때였다.

이브가 엘의 손을 꽉 쥐었다. 엘을 바라보며 커다란 목소리로 외친다.

"엘 씨, 제가!"

"뭐야, 지금은 바쁘니까……."

"제가 뭔가 할 수 있는 일은 없을까요?!"

엘은 그 말에 깨달았다. 총이라도 맞은 것처럼 정신이 번쩍 들었다. 잊어서는 안 되는 사실이 있었다.

지금 엘은 혼자가 아니었다. 상대는 악마지만 그렇다 해도 도움이 안 되는 동포와 있을 때랑 비교하면 하늘과 땅 차이다. 혼자 고독을 곱씹던 때와 비교하면 하나부터 열까지 달랐다.

버디가 있다.

그래, 그랬었지, 하고 엘이 눈을 반짝였다.

혼자서는 불가능한 일도 둘이라면 가능해!

"이브!"

"네!"

엘은 이브에게 한 가지를 부탁했다. 엘이 떠올린 발상을 들은 이브의 눈이 휘둥그레졌다. 고개를 끄떡거린 이브는 적이 탄 마차를 노려보았다. 엘은 깊은 신뢰를 담아 이브의 옆모습을 응시했다.

엘은 안다. 이브라면 할 수 있다는걸.

그러니 다음은 이브를 믿고 맡길 뿐이다.

두 사람의 빈틈을 노려 검은 로브가 다시 한번 마술을 쓰려고
했다.

상대가 주문을 외우는 소리를 덧씌우는 것처럼 이브가 크게
외쳤다.

"『우노스』, 『두오』, 『트리아』!"

세 마리 소환수가 **적의 마차 앞에** 나타났다.

상대방이 혼란에 빠져 비명을 지르는 소리가 들렸다.

이미 멈출 수 없는 속도로 『시조』의 마차는 짐승들을 향해 일
직선으로 돌진했다. 검고 야윈 개와 긴 털을 가진 늑대까진 어
떻게든 버렸다.

하지만 커다란 몸집을 가진 개——『트리아』가 상대라면 쉽게
넘어갈 수 없었다.

쿠웅, 하고 든든한 거구와 부딪힌 『시조』의 마차는 크게 휘청
이며 옆으로 미끄러졌다. 마부석에서 튕겨 나온 검은 로브가 바
닥을 향해 낙하한다. 상대방이 지면에 격돌하기 직전이었던 바
로 그 순간.

달리는 마차 위에서 엘이 있는 힘을 다해 팔을 쭉 뻗었다.

"웃차!"

간발의 차이로 적의 몸을 낚아챌 수 있었다. 엘의 하반신은 이브가 지탱해 주었다.

불안정하게 흔들리면서도—— 엘은 마부석 위로 상대방 술사의 몸을 끌어올리는 데 성공했다.

쭈욱 미끄러진『시조』의 마차는 잠시 후 넘어져 크게 부딪혔다. 은으로 장식된 마차 바퀴가 드륵드륵 소리를 내며 공회전했다. 이제 상대는 도망칠 방법이 없다. 작전 성공이라 판단하고서 검은 로브를 단단히 붙잡은 채 끄덕였다. 이브가 자율 주행 마차의 속도를 줄였다. 망가지기 직전까지 갔던 마차 바퀴가 천천히 멈춘다. 이브가 속도를 줄이는 동안 엘은 검은 로브의 양팔에 수갑을 채웠다.

"좋아, 이번에야말로 확보 완료."

"와아— 해냈어요."

"네 덕분이야. 이브, 고마워."

"뭐, 뭘요. 감사 인사라니 괜찮아요."

이브는 기쁨을 감추지 못하고 흐물흐물 녹아내리는 표정이었다. 엘은 그런 이브의 머리를 힘껏 쓰다듬어 주었다. 엘의 손길에 이브가 골골대며 목을 울렸다. 헤실거리는 표정을 보면서 엘도 눈꼬리를 접어 웃었다. 하지만 그것도 잠시, 엘은 금방 표정을 가다듬었다. 이브를 향해 보내던 상냥한 눈빛을 거둔 다음 방금 체포한 술사 쪽으로 시선을 돌렸다.

마차는 여전히 불에 타고 있어서 이제는 그만 내려야 했다. 술사를 일으켜 세운 뒤 마부석에서 내렸다. 안전한 거리를 확보한

다음 엘은 검은 로브를 입은 남자에게 물었다.

"어째서 너희들은 천사와 악마를 노린 거지? 왜 『시조』를 죽이려고 한 거야? 무슨 목적을 가지고 인간들을 희생양으로 삼은 거야? 대답해!"

"세계의."

"뭐?"

엘이 미간을 찌푸렸다. 검은 로브는 머리를 흔들더니 고개를 돌려 엘을 응시했다. 마른 몸을 가진 청년이——의외로 젊었다—— 씨익 웃었다. 그리고 누렇게 빛나는 이를 드러내며 일그러진 표정으로 말했다.

"세계의 진실을 알고 있나?"

이상할 정도로 자신감이 가득한 목소리가 울렸다.

마치 자신은 세계의 진실을 알고 있다는 것처럼.

어째서일까, 순간 엘은 꿈에서 들었던 목소리가 떠올랐다.

이곳은 모형 정원.

여왕은 한 사람.

이윽고 백성들은 깨닫는다.

천 년의 안식이 이어져 온 행복과 행운을.

"……너는 대체 무슨 소리를."

"엘 씨, 위험해요!"

이브가 소리를 질렀다. 뭐냐고 되물을 틈은 없었다. 수수께끼로 가득한 말에 정신이 팔린 게 실수였다.

어느샌가 남자의 이마가 꿈틀거리고 있었다. 피부가 쩌억 갈라지고서 그 자리에 마치 항문처럼 생긴 구멍이 입을 벌렸다. 피와 뇌수와 배설물과도 비슷한 더러운 무언가가 구멍에서 꿀렁이며 넘쳐흘렀다. 통통하고 징그러운 애벌레가 키이이익, 하는 울음소리를 냈다. 화약과 기름을 뱃속에 대량으로 품고 있는 사역마다. 그 애벌레는 분명히 웃고 있는 것처럼 느껴졌다.

손쓸 틈도 없이 애벌레가 그 흉측한 몸통을 부풀린다.

"……읏!"

"에잇!"

엘을 감싸 안고서 이브가 옆으로 날았다. 날개를 움직여서 최대한 거리를 벌린다.

그러자마자 애벌레를 중심으로 청년의 몸이 폭발했다. 굉음이 사정없이 고막을 흔들었다.

이루 말할 수 없는 감정을 담아 엘이 혀를 찼다.

패배했을 때를 대비해서 미리 장치를 해뒀던 거겠지. 자살할 걸 전제로 두고 있었다니, 너무나 상식을 벗어난 발상이었다. 붙잡힌 순간부터 남자는 살아남을 생각이 없었던 것이다.

배 일부가 폭발로 구멍이 뻥 뚫리고 살점이 여기저기 흩어진 상태인데도 남자는 여전히 숨이 붙어 있었다. 탁한 목소리로 큭큭 웃는 소리가 울려 퍼진다. 그리고 머지않아 그 웃음은 산 채로 불에 타들어 가는 고통에 내뱉는 비명으로 바뀌었다.

폭발이 뿌린 살점에 직격당한 마차도 결국 불타면서 무너져 내렸다.

불꽃이 점차 기세를 키우고 있지만 지금은 불을 끌 방법이 없다.

붉은 눈동자에 고통을 담고서 불꽃을 바라보았다. 그런 엘 뒤에서 이브가 작게 신음했다.

"……윽."

"이브?"

버디의 심상치 않은 상태에 엘은 정신을 차렸다.

쓰러진 이브의 등을 보고 숨을 삼켰다. 폭발이 일어났을 때 돌이 날아왔던 거겠지.

이브의 등에선 피가 흐르고 있었다.

제6막 소중한 당신에게

"『여왕의 눈물은 맑고, 아름답고, 치유를 선사한다. 행복한 일이로다, 자신의 더러움을 아는 자들이여.』"

"흐갸악!"

"아아아앗, 너 악마라서 성속성 마법에는 화상을 입는구나…… 하지만 그런 것치고는 피부가 짓무르는 정도까진 안 가는데 이유가 뭘까…… 뭐, 그건 됐어. 어디 보자. 『고통이여 누그러져라, 피는 멈춰라. 치유의 손길이 품은 바람을 전하라』."

이브의 상처에 엘이 장갑을 벗은 맨손을 가져다 댔다. 그런 다음 이번에는 천사가 아닌 인간 마술사가 쓰는 마법을 외웠다. 전문 치료사의 솜씨와 비교하면 엘이 다루는 빛은 조그맣고 희미해서 영 미덥지 못했지만 그래도 자연 치유를 기다리는 것보다는 빠르게 상처에 딱지가 앉았다. 마침내 붉게 흐르던 피가 조금씩 멎었다.

이브의 날갯죽지 부근에 뚫린 구멍을 살펴보았다. 다행히도 그리 깊은 상처는 아니었다.

아프지 않게 주의를 기울이면서 엘이 다시 한번 상처에 손을 가져다 댔다. 그리고 말했다.

"좋아, 봉합할 필요는 없겠어…… 미안해, 내 치료는 어설프지만, 본부로 돌아가면 상처에 바르는 약도 있어. 나중에 흉터가 남지 않도록 제대로 치료해 줄 테니까."

거기까지 말하고서 엘은 말을 멈췄다. 숨을 들이마시고, 내뱉었다. 다른 사람이 몸을 던져 자기를 지켜준 경험은 지금껏 없었다. 자기도 모르게 떨리는 목소리가 나올 것 같았다. 그럼에도 진지한 목소리로, 엘은 버디를 향해 뒷말을 이었다.

"고마워. 구해줘서."

"별말씀을요! 이 정도야 별것 아니에요!"

이브가 기세 좋게 대답했다. 붕붕 소리가 나도록 고개를 젓는다.

엘은 뭔가 더 말을 하려고 입을 열었지만, 무슨 말을 해야 할지 망설였다. 다치면서까지 자기를 감싸려는 사람의 존재 역시 처음 겪는 일이다. 하지만 또 고맙다는 말을 해도 같은 반응만 나올 뿐이겠지. 아무 말 없이 이브의 상처 주변을 손가락으로 쓸었다. 주변 공기를 채우는 침묵에 이브가 우으— 하고 난처한 목소리를 냈다.

잠깐 망설이더니 이브가 입을 열었다.

"저기…… 엘 씨는 천사인데 성 속성 마법 말고 다른 것도 쓸 줄 아시네요?"

"응? 아 뭐, 그렇지…… 전투가 본업이라 치료는 그저 그런 편이지만."

이브가 묻는 말에 대답하면서 애착을 가진 검은 장갑을 다시 손에 꼈다. 몇 번 손을 쥐었다 피면서 장갑을 낀 감촉을 확인해 보았다. 그리고 이브의 질문에 대한 대답을 이어갔다.

"왜, 악마를 체포할 때 실수로 상처를 입히는 경우도 아예 없진 않잖아? 내 실수로 생긴 부상이라면 당연히 치료를 해줘야지. 그럴 때 응급처치할 수 있도록 외워둔 거야."

"엘 씨는 그런 점이 아주 훌륭해요."

"그래? 이 정도는 보통 아니야?"

"다른 천사 경찰은 이래저래 손이 거칠어서 무서운걸요."

"하긴, 그 녀석들은 그렇지."

엘이 가볍게 어깨를 으쓱했다. 다른 천사 경찰이라면 자기 실수 때문에 악마 따위가 다치든 말든 손톱만큼도 신경 쓰지 않겠지. 그런 태만함과 오만함이야말로 천사의 특권이라고 진지하게 믿고 있는 녀석들이다. 엘의 눈으로 보기엔 제멋대로에 부끄러운 줄도 모르는 짓이었지만.

그런 행태는 본래의 『질서』와 거리가 멀다. 엘은 자기 가슴에 손을 얹고서 또렷하게 말했다.

"나는 그 녀석들과는 달라. 그렇게 결심하고서 실천하고 있을 뿐이야."

"네, 멋있다고 생각해요."

"하핫, 천사를 칭찬하는 악마는 너 말고 없지 않을까?"

웃으면서 엘은 이브 옆에 앉았다. 금빛 늑대의 모피가 딱 적당한 부드러움으로 몸을 감쌌다. 앉을 때 느껴지는 고급스러운 감촉은 노아의 저택에 놓인 소파와도 맞먹었다.

엘은 창문에 머리를 기댔다. 창문 밖으로 천천히 풍경이 흘러가고 있었다.

엘과 이브는 『시조』의 마차에 타고 움직이는 중이다.

전복한 마차를 소환한 짐승들의 힘을 빌려 일으켜 세우고, 재가동했다. 이런 건 버려두고 가는 게 오히려 잘못이다. 상대한테 필요 없다면야 잘 써주면 그만이다. 엘은 자세를 고쳐 다리를 꼬았다. 이브는 무언가 생각에 잠겨 있었다. 잠시간 침묵이 흘렀다. 그러던 중 이브가 문득 자세를 바로잡았다.

"……저기, 엘 씨."

"왜?"

"여러모로 죄송해요."

"왜 사과하는 거야?"

"그야 저는 악마에 범죄자인데 잔뜩 도와주셨고……."

울음기 섞인 목소리로 이브가 속삭였다. 양손을 꽉 움켜쥐고 고개를 푹 숙인다.

무슨 소리를 하나 싶어서 엘은 멍해졌다.

그런데 이브는 진심으로 부끄러워하는 기색처럼 보였다. 훌쩍훌쩍 울음소리를 내기 시작했다.

엘은 으음—, 하고 뺨을 긁적이며 어떻게 해야 하나 고민한 끝에, 웅크리고 있는 이브의 연보랏빛 머리 위에 손을 툭 올렸다. 그리고 거친 손놀림으로 버디의 머리카락을 벅벅 쓰다듬어 주었다.

난폭한 손길에 이브는 발을 버둥거렸다.

"으왓, 으왓."

"너 말이야. 그건 내가 할 대사라고."

어이없다는 심정을 담아 엘이 말했다. 그 말이 의외였을까.

이브가 울음을 그쳤다. 이해가 안 간다는 듯이 눈을 끔뻑인다. 자수정 눈동자에 의문의 빛이 떠올랐다.

"엘 씨가요?"

"방금도 그래서 고맙다고 한 거잖아. 아니지, 방금뿐만이 아니야. 네가 없었다면 극복할 수 없었을 상황이 많았어."

엘이 망설임 없이 단언했다. 그건 조금의 과장도 없는 사실이었다.

이브가 없었더라면 도마뱀의 포위에서 빠져나올 수 없었다. 고전을 면치 못했을 것이다.

게다가 이브가 없었더라면 마차를 멈춰 세울 수도 없었다. 분명 무사하진 못했겠지.

하지만 지금 엘은 멀쩡히 살아 있다.

그건 전부 파트너 덕분이었다.

천사 경찰 동료들이었다면, 아니, 다른 누가 있었더라도 지금처럼 되지는 않았을 거다. 이브는 이브다. 엘의 신뢰에 있는 힘껏 부응해 준다. 신뢰할 가치가 있는 악마다. 확신을 담고 버디라 부를 수 있는 존재다.

그녀를 대신할 수 있는 사람은 존재하지 않는다. 밝게 웃으면서 엘이 말했다.

"너는 악마야. 하지만 등을 맡길 수 있어."

"……엇."

"나는 전장에서 항상 혼자였다 보니 그런 사람과 만날 수 없을 줄 알았어. 고마워."

"고, 고맙다니 천만의 말씀이에요! 저도 똑같은 마음이고…… 게다가! ……저기, 그게."

"왜?"

이브는 손가락을 맞붙였다가, 뗐다가 하면서 꼼지락거렸다. 안절부절못하면서 어물거리는 모양새다. 그러다 마침내 엘한테 말하기로 결심했는지 날개를 바짝 세우고, 주먹을 꼭 쥐고서 입을 열었다.

"버, 버디는 정보 공유와 신뢰가 중요…… 그렇죠?"

쭈뼛거리며 이브가 말했다.

엘은 저도 모르게 눈이 커졌다. 설마 이브한테 버디의 마음가짐을 일깨우는 말을 들을 거라곤 상상하지 못했다. 엘이 아무런 대답도 없는 걸 보고서 이브가 허둥대기 시작했다. 새빨개진 얼굴로 입을 뻐끔거린다. 방금 했던 말을 취소하려는 거겠지. 그렇게 둘까 보냐, 하고 엘이 손을 뻗었다.

다시 한번 이브의 머리카락을 벅벅 쓰다듬어 줬다.

"으왓, 으왓."

"말이 제법이잖아, 너. 네 말대로 우리는 버디인걸."

"에헤헤헤…… 그렇죠. 버디는 신뢰가 중요해요."

"맞아."

엘이 끄덕였다. 이브가 기쁨을 담아 미소를 짓는다.
다시 한번 곱씹어 보는 것처럼 엘이 한 번 더 말했다.

"우리는 천사와 악마의 버디야."

일찍이 전례가 없다.
유일무이한 두 사람이다.

시간이 지나고, 자율 주행 마차가 천천히 멈췄다.

두 사람은 목적지에 도착했다. 깜빡 잊고 놔두고 온 루나를 데
리러 다시 흡혈 공주의 저택에 도착한 둘은 바로 마차에서 내렸
다. 겁도 없이 『시조』의 마차를 타고 온 두 사람을 본 노아가 입
술을 말아 올렸다.
시안과 에틸은—— 한쪽은 진지한 표정, 한쪽은 멋진 미소를
짓고서—— 루나의 털을 마음껏 만끽하는 중이었다. 두 사람을
본 루나는 재빠르게 메이드의 손에서 빠져나와 손을 붕붕 흔들
면서 엘을 향해 달려왔다.
"어서 오세요, 두 분 다."
"다녀왔어!"
"다녀왔습니다!"
"너희들, 여기는 너희들 집이 아니라 노아의 성인데?"
"사소한 건 신경 쓰지 않아도 되잖아. 『다녀왔어』하고 인사하

면 『어서 와』하고 맞아주는 게 기쁜걸."

엘이 새침하게 대답했다. 그 말을 들은 이브의 눈이 동그래졌다. 엘이 어떠냐는 듯이 이브를 보며 미소를 짓자, 이브는 입가를 누르며 후훗, 웃었다. 영문은 모르겠지만 부드럽고 훈훈한 분위기를 느낀 루나가 꼬리를 붕붕 흔들었다. 드문 광경을 봤다는 듯 노아가 중얼거렸다.

"즐거워 보이네, 엘."

언젠가 들었던 질문이 머릿속에 떠올랐다.

그렇다. 그때는 즐겁지 않았다.

마음에 들지 않는 게 너무 많아서 하루하루 꽉 막혀 있는 것처럼 느껴졌다. 마치 고여버린 물속에 잠겨 있는 기분이었다. 지금은 잔혹하고 기묘한 사건에 휘둘리는 중이다. 검은 로브를 입은 범인들을 살려낼 방법도 보이지 않았다. 아직 아무것도 해결되지 않은 상태다. 그런데도.

"응, 즐거워!"

조금의 고민도 없이 대답했다. 이브가 기뻐하며 폴짝 뛰었다. 루나는 온화한 눈빛을 지었다. 노아는 고개를 끄덕였고. 시안과 에틸도 흐뭇하게 웃었다. 엘은 조금 쑥스러워져서 에헤헷, 하고 웃었다.

두 메이드의 인사와 손을 흔들어 주는 노아의 배웅을 받으며 세 사람은 성을 나왔다.

나올 때도 『시조』의 자율 주행 마차를 빌려 본부로 향했다.

그렇게 무사히 귀환하고서 이브의 치료까지 마친 다음이었다.
　지금 자기가 무슨 말을 들은 건가 싶어서 엘은 순간 귀를 의심
했다.

"새로운 명령이다. 버디는 해산할 것."

그렇다, 샬레이나가.
서장이 그런 명령을 내린 것이다.

* * *

"이유가 뭔가요?!"
"더 이상 이 악마를 가까이에 두고서 감시할 필요는 없다고
판단했다."
　쾅, 하고 엘이 서장실의 책상을 내리쳤다. 평소 그녀답지 않
은 행동이었다. 스스로도 깨닫고 있었다. 하지만 아무리 그래도
이런 횡포만큼은 그냥 넘길 수 없었다. 샬레이나는 따져 묻는
엘에게 무덤덤하게 대답했지만 엘은 그 말에 수긍하지 않았다.
제복을 입은 가슴 위에 한 손을 올리고 강변했다.
"납득할 수 없습니다! 그녀의 능력과 제 전투력은 상성이 좋
아요. 서로가 서로를 보완할 수 있는 관계라고 생각합니다. 이

번 사건의 조사를 계속할 거라면 버디를 유지하는 게 효율적입니다. 해산하라고 명령하실 거라면 합당한 이유를 설명해 주셨으면 합니다!"

"……그게 이유다."

"……네?"

"천사 경찰의 엘리트와 악마 사이에 필요 이상으로 감정적 교류가 흐르고 있다는 사실…… 그게 더 염려해야 할 사항이라고 판단했다. 이 순간 이후로 더는 그 악마에게 신경 쓰지 말도록. 만약 명령을 거스른다면 날개 절단 처분도 검토하겠다."

샬레이나가 도저히 이해할 수 없는 소리를 했다.

대체 그게 어디가 염려해야 할 사항이냐고 생각하며 입술을 깨물었다. 천사가 특권 계급인 것은 맞다. 하지만 그런 줄 알면서도 버디를 짜라고 명령했던 건 샬레이나가 아닌가. 게다가 이제는 엘도 깨닫고 있었다.

악마도 천사도 마찬가지다.

똑같이 붉은 피가 흐르고 있다.

믿고 등을 맡길 수도 있다!

"도대체 뭐가 문제인가요? 이 세계를 모형 정원이라고 친다면 천사도 악마도 같은 세상을 함께 살아가는 종족이고……."

"엘 플랙티어!"

샬레이나가 고함을 질렀다. 어지간해선 들을 수 없는 노성에 엘은 숨을 삼켰다. 진심으로 어이가 없다는 것처럼 샬레이나가 절레절레 고개를 저었다. 그녀는 손가락을 꼬면서 말을 이었다.

"이전에 말했을 텐데.『내가 천사에게 해를 끼치는 일은 없다』라고. 언젠가는 자네도 똑같은 자각을 가져주지 않으면 곤란해."

"그게…… 무슨 뜻입니까?"

"지금은 아직 얘기할 때가 아니야…… 그리고 새로운 중요한 임무도 있어. 천사 경찰은 일시적으로 이번 사건에서 손을 떼기로 결정했다. 그러니 버디의 해산은 당연한 일이야. 명령에 따르도록. 다시 한번 경고하지만, 날개를 잘리고 싶은가?"

"…………손을 뗀다고요? ……그런 말도 안 되는."

멍하니 중얼거렸다. 다시 한번 입술을 꽉 깨물었다.

그런 판단을 내렸다는 걸 믿을 수가 없었다. 진심으로 울컥해서 장난치지 말라고 소리 지르고 싶었다. 샬레이나 서장에게 가지고 있던 신뢰는 지금 이 순간, 산산조각으로 부서졌다. 이 기괴하고 잔혹한 사건에서 손을 떼겠다니 도저히 이해가 가지 않는다.

많은 인간이.

무고한 사람들이.

살해당했는데도.

"아직 아무것도 해결된 게 없습니다! 인간들도 위험한데! 당신은 무슨 생각을 하는 거야?!"

"말을 조심하도록, 엘! 산 채로 날개가 잘리는 고통을 자네는 알고 있나? 그걸 경험하고서 비참하게 무너지지 않은 천사가 없어. 자네도 그걸 맛보고 싶나?"

"하, 어디 해보시지! 그렇다 해도!"

"잠깐만요!"

그때 이브가 끼어들었다. 천사 경찰의 서장을 앞에 두고도 또렷한 목소리로 외쳤다.

그 울보에 겁 많은 이브가.

깜짝 놀란 엘이 눈을 크게 떴다. 이브는 황급히 달려와 엘 옆에 나란히 섰다. 무서운 거겠지. 이브의 균형 잡힌 몸이 조그맣게 떨리고 있었다. 그런데도 이브는 다부진 시선으로 샬레이나를 마주 보았다.

그리고 그녀는 자수정 같은 눈동자를 빛내면서 진지하게 선언했다.

"사건은 제가 조사할게요."

"엇? 잠깐, 뭐?"

"제가 독자적으로 조사를 계속해서 어떻게든 사건을 해결하겠어요! 그렇게 하면…… 버디를 해산하더라도 사건을 계속 추적할 수 있으니까 엘 씨의 걱정도 없어져요! ……그렇죠?"

엘을 보며 이브는 침착하게 미소를 지었다.

이 바보가. 엘은 얼굴을 덮었다. 이 악마는 진짜 멍청이다. 적은 스스로 목숨을 끊는 짓조차 망설이지 않는 매우 위험한 녀석들이다. 거기에 더해 천사와 악마뿐만 아니라 『시조』까지 표적으로 삼을 정도로 호전적이었다.

마차로 벌인 추격전 때는 이브도 부상을 입었다. 그런데도.

"그런 건 내가 인정 못."

"괜찮다. 하고 싶은 대로 하면 된다. 성과를 낸다면 금고형을 취소해 줄 수도 있어── 다만, 적들은 상당한 실력자야. 자네의 시체가 무참하게 바닥을 구르게 될지라도 우리는 책임을 지지 않겠다만. 그래도 상관없다면야 좋을 대로 하도록."

샬레이나가 거만하게 코웃음을 쳤다. 이브는 서장의 시선을 똑바로 받아쳤다. 죽을 가능성이 있다고 한다면 더더욱 혼자 위험을 무릅쓰게 둘 수는 없었다. 엘은 다시 한번 이의를 제기하려고 했지만, 아무도 엘 쪽을 보지 않았다. 이브가 예의 바르게 샬레이나에게 고개를 숙였다.

"감사합니다…… 이만 실례하겠습니다."

"잠깐, 이브."

엘은 버디에게 달려가려고 했다. 그러나 자신을 찰싹 밀쳐내는 검은 날개가 있었다. 이브가 엘을 밀쳐냈다. 몇 초 뒤늦게 그 사실을 이해한 엘은 할 말을 잃었다.

이브는 엘한테서 등을 돌린 채 차갑게 말했다.

"제게 다가오지 말아 주세요."

"……이브."

"엘 씨는 천사, 저는 악마."

마치 자기 자신에게 되뇌는 것처럼 들리는 중얼거림이었다.

표정을 보여주지 않으면서── 짓씹듯이── 이브가 사실을 들이밀었다.

"버디 같은 건, 처음부터 잘못됐던 거예요."

그 말을 끝으로 이브는 걸어갔다. 리본처럼 흔들리는 머리카락을 시야에 남기고서 문을 열고, 닫는다. 희미한 상처 자국이 남은 등이 더 이상 보이지 않는다. 사라진 뒷모습을 향해 한쪽 손을 뻗은 채 엘은 굳어 있었다.

뒤를 쫓아갈 수도 없었다. 이브가 던진 말에는 쫓을 생각을 품지 못할 정도로 단호한 거절의 뜻이 담겨있었다. 그녀는 진심으로 작별을 고했다. 그렇다면 대답은 하나뿐이다.

버디는 해산이다.

강제로 받아 든 결정에, 엘은 혼자 남겨진 어린아이처럼 우두커니 서 있었다.

그런 그녀의 심정은 아랑곳하지 않고서 샬레이나가 큰 소리로 말했다.

"만에 하나라도 저 악마를 지켜주려는 생각은 품지 말도록. 그때는 자네를 범죄자로 처벌하게 될 테니까. 뭘, 저 녀석은 도망치는 솜씨밖에 내세울 게 없는 생쥐다. 머지않아 시체로 발견되겠지. 자네는 가만히 앉아 저 녀석의 부고를 기다리면 돼. 다음 임무는 내일 자세히 설명하도록 하겠다…… 알아들었겠지."

주먹을 움켜쥐고서 엘이 고개를 끄덕였다. 그딴 건 인정 못 한다. 하지만 지금 뒤쫓아 가더라도 금방 붙잡히겠지. 서장의 호출을 받은 감시역인 천사가 들어왔다. 충격으로 우두커니 서 있는 엘의 모습을 보고서 코웃음을 쳤지만, 엘은 그냥 무시했다.

그러나 엘은 강제로 이끌려 자기 방으로 돌아가야만 했다.

악마의 뒤를 쫓는 건 불가능했다.

* * *

하얗고 달콤한, 애매모호한 꿈을 꾸었다.
이게 꿈이라는 사실을 자각한 채로 꿈을 꾸었다.

지금은 꿈속이라서, 역시나 그 말이 귓가에 흘러들어 온다.

이곳은 모형 정원.
여왕은 한 사람.
이윽고 백성들은 깨닫는다.
천 년의 안식이 이어져 온 행복과 행운을.

눈앞에 한 여성이 서 있었다. 인간인지, 수인인지, 악마인지, 흡혈귀인지, 천사인지, 여전히 구분할 수 없었다. 그러다 문득 깨달았다. 이 생물은 다섯 종족 중 어디에도 속해있지 않았다.

하지만 그런 존재가 있을 리가 없었다.
다섯 종족의 평온을 위해선 있어선 안 된다.
그런데도 분명한 실체를 가진 그녀가 물었다.

──────있잖아, 당신은 무엇을 소망해?
──────있잖아, 당신은 무엇을 소원해?

소망은 있다.
소원도 있다.

꿈이 있다.
그렇지만.

"아마 그건 이젠────── 이룰 수 없을 거야."

엘은 자기 목소리에 눈을 떴다.

일어나자마자 무의식적으로 옆을 더듬었다. 하지만 뽀송뽀송한 침대 시트의 감촉만이 느껴질 뿐이었다. 엘은 멍하니 생각했다. 그곳에 있는 건 공백이다. 공허한 공백에선 누구의 온기도 존재하지 않았다. 몸에 닿는 피부의 감촉도 없다. 엘은 몸을 부르르 떨었다. 달콤했던 악몽이 머리 위에서 소용돌이치는 듯한 느낌이 들었다. 엘은 이브의 말을 떠올렸다.

둘이서 자는 게 더 따뜻해요.
"정말 네 말대로야."

엘은 중얼거리고서 후우— 하고 길게 한숨을 내쉬며 눈가를 덮었다.

묘한 상실감이 가슴을 채웠다. 가슴속에 시커먼 구멍이 뻥 뚫린 듯한 느낌이었다. 구멍 안쪽은 싸늘하게 메말라 있었다. 하지만 뭐가 그리 슬프다는 걸까. 엘은 별것 아니라는 것처럼 자조했다. 여태까지 쭉 혼자였다. 그런데도 훌륭하게 잘 해왔다. 누구한테 미움을 사든 질시를 사든 아무렇지 않았다. 게다가 루나도 있다. 고독에서 시선을 돌렸어야 했다.

그 악마가 곁에 있었던 시간이라고 해 봤자 겨우 며칠.

거기다 이브는 의지가 되긴 했어도 동시에 걸리적거리기도 했다. 아직도 침대에는 이브가 흘린 침 자국이 남아있었다. 그래, 겁쟁이에, 울보에, 소심하고, 무서움도 많이 타고, 어린애처럼 솔직하고, 기본적으로 바보였다.

"그런데도……."

사건은 제가 조사할게요.

제가 독자적으로 조사를 계속해서 어떻게든 사건을 해결하겠어요!

그렇게 하면…… 버디를 해산하더라도 사건을 계속 추적할 수 있으니까 엘 씨의 걱정도 없어져요!

……그렇죠?

엘은 알고 있었다. 이미 분석은 끝난 상태다. 이브는 소환 능력이 장기다. 하지만 정작 자기는 거의 아무런 전투력도 없다. 저주 술사나 괴물들과 맞서 싸우기 위해선 반드시 조력자가 필요하다.

내일 당장, 땅에 널브러진 이브의 시체가 발견되더라도 이상한 일은 아니겠지.

그런데도, 그런데도.
그런 외롭고 하얀 등으로,

"너는 나를 위해서, 혼자서 뭘 짊어지겠다는 거야."

엘이 툭, 혼잣말처럼 말했다.
그 목소리는 아침 햇살에 삼켜져 잦아들었다.

* * *

새로운 임무라는 건 중요 인물의 호위였다.
의외의 내용에 엘은 자기도 모르게 눈썹을 찌푸렸다.
"중요 인물…… 그렇다는 건 인간, 입니까?"
"그래, 『시조』까지 타깃이 된 이상, 각 종족의 중요 인물마다 호위가 필요해…… 저 길가의 돌만큼의 가치도 없는 악마 따위와는 다르게 말이다."

밤에 보였던 차가운 모습과는 달리 아침에 다시 만난 서장은 시종일관 밝았다.

창문을 통해 눈부신 빛이 한가득 쏟아져 들어왔다.

그런 환한 빛 안에서 샬레이나가 향기로운 커피를 기울였다. 지금 그녀가 서 있는 모습을 보면 어젯밤 언쟁을 벌이던 모습이 마치 거짓말이었던 것처럼 느껴졌다. 이브가 곁을 떠난 이상, 엘은 거스르지 않을 것이다.

그렇게 믿고서 마음을 푼 모양이었다. 노래하는 것처럼 명랑하게 그녀가 말을 이었다.

"게다가 호위 대상은 천사와도 깊은 관련이 있는 교회 세력의 대표자 중 한 명이자, 이번에는 합동 의식을 도맡을 예정이다. 만약 여기서 습격이라도 당한다면 천사 경찰의 체면에도 직결될 테지."

엘은 속으로 그런 거였군, 하고 고개를 끄덕였다.

인간이란 종족은 날벌레만큼이나 연약하다. 다른 종족에 비해 크게 뒤떨어지고, 금방 단명하는 가여운 존재. 그러나 일부는 천사에게 달라붙어 지위 상승을 꾀하는 움직임을 보였다.

그 중심 세력이 교회다.

『성모』를 대표로 삼아, 그들은 현재까지도 활동을 계속하고 있다.

그리고 수백 년 전부터는 『여왕』을 내세워서 천사와 우호 관계를 구축하려고 노력하는 중이다.

종교적 색채를 띤 단결력과 인원수는 다섯 종족 중에서도 발군이었다. 그래서 지금은 무시할 수 없는 존재로 주목을 받고 있다. 벌레도 뭉치면 힘을 갖고서 적도, 아군도 될 수 있는 법이다.

그런데『성모』말고 다른 교회 세력의 대표라니, 엘은 들어본 적이 없었다.

지금까지 그런 자가 있었던가?

기억을 더듬어 보면서 엘이 물었다.

"누구입니까? 그 중요 인물이란."

"아아, 그렇군. 자네는 호위 임무가 오랜만이라 모르는 건가.『그녀』는 요즘 들어 주목받기 시작한 소녀야…… 아름답고, 청초하고,『성모』마저 뛰어넘는다며 일부 인간들로부터 가히 불손하기까지 한 열렬한 지지를 모으고 있지. 정확한 이름은 아무도 몰라. 그래서 그런지 언젠가부터 이런 이름으로 불리게 되었어……."

샬레이나는 입을 열었다. 그리고 교회 세력 안에서 존귀한 취급을 받는 호칭을 말했다.

"제인 도."

* * *

성가가 울려 퍼진다.

입 맞추어 돌림 노래를 합창한다.

행복 있으라. 행복 있으라. 행복 있으라.

『여왕』의 잃어버린 어명 아래에서.

그 관 앞에 우리는 엎드려 간절히 바란다.

소망을.

소원을.

이 목소리를 귀담아들어라.

우리 종족에게 영광 있기를.

화음 속에서 한 소녀가 나타났다. 흰 백합처럼 섬세하고 단정한 모습으로 천천히 앞을 향해 걸어 나온다. 스테인드글라스를 통해 내리쬐는 빛을 온몸으로 받으며 대성당 한가운데를 걸었다.

소녀의 단아한 모습을 본 엘의 눈이 가늘어졌다.

쟤가 제인 도겠지.

확실히 신비로운 소녀였다. 머리엔 하얀 베일을 뒤집어썼고, 붕대를 감아 눈가를 가리고 있었다. 그런데도 백골이 연상될 정도로 새하얀 백발이 더해주는 신성한 아름다움은 조금도 훼손되지 않았다. 그녀는 당당하면서도 엄숙한 성자의 위엄을 갖추고서 발을 내디뎠다.

바로 뒤에선 또 다른 아름다운 소녀가 뒤를 따르고 있었다. 검은 머리에 아주 공들여 만든 티가 나는 검은색 드레스를 입은 모습이 사랑스럽다. 엘은 뒤를 따르는 소녀의 이름까진 몰랐다. 두 소녀는 거울처럼 깨끗한 바닥 위를 천천히 걸었다. 두 사람이 향하는 방향엔 무언가에 탄식하는 『여왕』의 상이 있었다.

충성을 맹세하는 것처럼 제인 도는 여왕 앞에 무릎을 꿇고서 진지한 모습으로 기도하기 시작했다.

대성당에 울려 퍼지는 목소리가 한층 더 커졌다.

거룩하시도다, 거룩하시도다, 거룩하시도다.

응답하소서, 응답하소서, 응답하소서.

(……호위 인력은 천사가 스물. 인간이 서른. 적의 모습은 보이지 않음.)

대성당 중앙 통로 구석에 서서 엘이 주변을 둘러보았다.

호위 인력은 과도할 정도다. 하지만 머릿수는 곧 힘이다. 그만큼 교회 세력과 천사 경찰이 제인 도를 중요하게 보고 있다는 증거겠지. 진정한 교회의 대표자인 『성모』를 뛰어넘는 지지를 받고 있다는 게 정말인가 보다. 그와 동시에 엘은 판단을 내렸다.

이곳에 자신은 필요 없다.

천사 경찰 본부 내엔 항상 감시의 눈길이 따라다녔다. 그러니 모든 정예 인원이 제인 도 한 명만을 주목하는 지금이 절호의 기회였다. 게다가 이곳은 엘의 무력이 꼭 필요한 곳도 아니다. 빠져나갈 타이밍은 지금뿐이겠지. 그런데 그런 엘의 행동을 이미 예측한 것처럼──커다란 기둥 뒤에서── 밝은 다갈색 머리카락이 나타났다.

노란색 로브를 입은 수인이 살짝 입꼬리를 올리고서 웃고 있었다.

"……루나."

"사실은 서장님한테 당부받았거든요…… 의식이 거행되는 동안 대부분 호위에 나선다고. 그러니까 너는 엘의 냄새가 멀어지는 낌새를 느낀다면 나서서 막으라고요."

엘이 빠득, 이를 갈았다. 샬레이나가 어떤 꿍꿍이를 품고 있는지 단번에 이해했다. 이건 루나보고 엘을 막으라는 단순한 명령이 아니다.

만에 하나 엘이 도망쳤을 경우 책임은 루나가 지게 될 거라는 경고의 메시지를 담고 있었다.

수인의 지위는 낮다. 사형 처분이 내려질 수도 있다.

이래서야 탈주는 불가능하다. 단념하고서 엘은 빠져나가려던 발걸음을 되돌리려고 했다.

그런데 루나가 팔을 붙잡았다. 매달리는 것처럼 강하게 끌어당기는 손길에 엘은 우뚝 멈춰 섰다.

"……뭐야?"

"가 보세요."

진지한 목소리로 루나가 말했다. 엘의 눈이 절로 휘둥그레졌다.

벌꿀 같은 황금색 눈동자를 빛내며 루나는 눈웃음을 지었다. 그러면서 엘을 타이르듯이 천천히 말했다.

"나중에 무슨 일이 생기더라도 미련이 없도록 마지막으로 만나고 싶었을 뿐이에요. 지금 이때를 놓치면 기회가 없어요. 저는 엘 씨가 자리를 떠나는 걸 막을 생각이 없습니다."

"무슨 바보 같은 소리야…… 내가 가버리면 너는."

"하지만 이브 씨가 언제 적한테 습격당할지 몰라요. 사건도 이대로 손 놓을 생각은 없잖아요? 그렇죠?"

"그치만."

"그리고 무엇보다도 당신, 드디어 바라는 것을 손에 넣었잖아요!"

누군가가 듣지 못하도록 목소리를 눌러 죽이면서도 힘을 주어 말한다. 엘은 대답할 말을 잃었다. 루나는 몇 걸음 앞으로 다가와 엘의 마음속을 살피는 것처럼 가만히 응시했다. 그리고 언니처럼, 혹은 엄마처럼, 말했다.

"고작 불합리한 명령을 받았다고 그냥 손에서 놔 버려도 괜찮은 거였나요? 그렇지 않겠죠!"

"……루나."

"……사실 저는, 오랫동안 후회해 왔어요."

루나는 참회하는 것처럼 입을 열었다. 멀리서 청아한 노랫소리가 들린다.

이 몸의 더러움을 아는 저에게—— 부디 구원과 용서가 있기를.

"당신은 너무나도 강하고, 올곧은 천사여서…… 저는 어차피 수인에 불과하니까, 하고 당신에게서 한 발짝 떨어져 있었어요. 그래서 저와 당신은 버디가 될 수 없었죠. 그런데 마침내 당신에게 어울리는 분이 나타난 거예요! 전 그게 정말 기뻐요. 엘씨, 곁에 함께 있고 싶은 사람을 찾았다면, 곁에 있어 주고 싶은 사람을 만났다면, 절대로 곁에서 떨어져선 안 돼요."

루나가 따뜻하게 미소를 지었다.

엘에게 버디가 생겼다는 사실이 진심으로 기쁜 것처럼. 축복하는 것처럼. 정말로 행복한 일이라고 말하는 것처럼. 마음에서 우러나오는 웃음과 함께 말을 잇는다.

"악마라도 그분은 착한 아이예요. 당신과 함께 싸우고, 나란히 곁에 서 주죠. 그런 사람을 잃어선 안 돼요."

"그러면 하다못해, 너도 함께."

"갈 수 없어요."

루나가 천천히 고개를 저었다. 부드럽게, 하지만 단호하게 힘주어 말했다.

엘은 눈물이 차오르는 걸 느꼈다. 뜨거운 무언가가 목구멍으로 치솟아 오른다. 큰 소리로 울음을 터트리고 싶었다. 하지만 지금은 그저 참고 견뎠다. 루나는 그런 엘이 착한 아이라고 노래하듯 머리를 쓰다듬었다.

그리고 평온한 말투로 말했다.

"이 언니는 분명 처분당할 테니까 너도 어서 도망치렴, 이라고 여동생한테 편지를 남겼어요…… 그 편지가 여동생한테 도착하는 건 약 한 시간 후. 그 애는 제가 보낸 편지가 오면 바로 열어봐요. 여동생이 무사히 도망칠 때까지 아무도 눈치채지 못하도록 자연스럽게 행동해야죠."

"······나는."

"자, 어서 가세요. 앞으로도 계속 이 상태일 테니까요. 아니 오히려 지금보다 서장의 감시가 더욱 강해질 거예요. 그렇게 되면 사건은 완벽하게 어둠 속에 묻히게 돼요······ 이브 씨가 언제까지 무사할지도 알 수 없어요."

루나가 엘의 머리카락에서 가만히 손을 뗐다. 그러고는 엘의 등을 힘주어 밀었다. 배웅하는 것처럼, 혹은 절벽에서 밀어 떨어트리려는 것처럼. 자상하면서도 완고함이 담긴 손길이었다.

"저를 좋아하신다면 어서 가세요."

"······루나."

"어서 가! 엘!"

갑자기 루나는 작은 목소리로——그러나 나이프를 휘두르는 것처럼 예리하게—— 외쳤다.

그녀가 존칭을 떼고 부른 건 처음 있는 일이었다. 마치 뺨이라도 맞은 것 같은 충격을 느꼈다.

부하로서가 아닌, 한 명의 친구로서 루나가 연이어 말했다.

"너는 가야 해! 넌 수많은 희생자를 낸 흉악 범죄를 미해결인 상태로 놔두지 않는 경찰이야! 그리고 이브 씨를 내버려 두지 않는 천사야! 그렇잖아?"

"······기다리고 있어. 이브를 데리고서 다시 돌아올게."

이번엔 루나가 눈을 크게 떴다. 생각지도 못한 말이었겠지. 놀라서 숨을 삼키는 기색이었다. 엘은 그런 루나의 어깨를 토닥여 준 다음 바로 땅을 박찼다.

천사와 수인은, 두 친구는 각자 다른 곳을 향했다.

엘은 뒷문을 향해 달려가면서 선언했다.

"반드시, 내가 너를 채갈 거니까."

"하핫, 당신은 치사한 사람이에요."

멋있는 장면을 가로채 버리니까.

루나는 그렇게 중얼거리고서 눈물을 감추려는 것처럼 후드를 푹 눌러썼다. 친구를 뒤에 남겨두고 엘은 달렸다. 점점 속도를 올린다. 바람처럼, 태풍처럼, 천사는 발걸음을 서둘렀다.

겁쟁이에, 울보에, 바보에, 머리를 쓰다듬으면 골골대는 소리를 내고, 신뢰에 기뻐하는 악마의 곁으로.

자신의 유일한 버디가 있는 곳으로.

* * *

한낮의 슬럼가는 사람들로 북적거렸다.

많은 주민이 저주에 희생되고 살해당했지만.

그럼에도 태양의 은혜를 굳게 믿는 것처럼 거리는 활기와 생기로 넘쳤다.

술병을 손에 든 남자들이 카드놀이를 하며 흥겨워한다. 어린이들은 맨발로 거리를 뛰어다니고, 여자들은 우물가에 둘러앉아 해진 옷들을 세탁하고 있었다. 광장에선 노파가 커다란 가마솥에 보리죽을 끓이는 모습이 보였다.

그 가운데 갑자기 나타난 천사를 누구 하나 빠짐없이 신기하다는 눈빛으로 쳐다보았다. 그중에는 뚜렷한 혐오의 기색을 보이는 사람도 있었다. 하지만 엘은 모든 시선을 무시하고서 그저 달렸다. 낮이 되니 밤과는 거리의 인상이 달랐다. 그래도 기억을 더듬어 복잡한 골목을 따라 안쪽 깊숙이 들어갔다. 달리다가 빼빼 마른 고양이를 밟을 뻔하기도 했고, 위에서 누군가가 양동이에 담긴 물을 버린 걸 머리에 뒤집어쓸 뻔하면서도 발걸음을 서둘렀다.

마침내 엘은 그 구멍을 찾아냈다. 몸을 숙여서 재주 좋게 구멍에 몸을 집어넣었다.

그리고 이내 밖으로 빠져나왔다.

동시에 오싹함을 느꼈다. 눈이 부실 정도로 하얀 풍경 속에 반쯤 무너져 내린 괴물의 시체가 널브러져 있었다. 햇빛을 받은 육신이 점점 재로 변하는 중이다. 하지만 직접적인 사인은 햇빛으로 인한 붕괴가 아닌 것 같았다. 도마뱀의 목덜미에는 짐승이 물어뜯은 흔적이 남아있었다.

즉, 이 시체는 이브와 싸운 결과겠지.

그래서 그 악마는 어떻게 됐을까.

설마하니, 이미.

전부 늦은 게 아닐까?

"············큭!"

꽃잎을 휘날리면서 달렸다. 여전히 문이 망가져 있는 조악한 오두막 안으로 뛰어 들어갔다.

순간 엘은 할 말을 잃었다. 다리가 떨리고, 손발이 차갑게 식는다. 그러면서도 심장은 지금이라도 파열하지 않을까 싶을 정도로 크게 고동쳤다. 휘청, 몸에서 힘이 빠지는 걸 느꼈다.

엘은 그 자리에 주저앉았다. 손이 바닥에 닿는다. 무겁다는 생각이 들었다. 지금까지 살면서 이만큼이나 큰 후회를 맛본 적이 없었다. 자신의 무력함에 엘은 작은 웃음을 흘렸다.

"하핫······ 결국 이렇게 됐구나."

엘의 눈앞에는 웅덩이를 이룬 붉은 피가 퍼져나가고 있었다.

나무 바닥에 끈적하게 퍼진 짙은 색 위에 눈물이 떨어졌다. 시체가 보이지 않는 건 저주 술사가 가져갔기 때문이겠지. 아직은 감정이 현실을 따라가지 못했다. 그런데도 눈물은 멋대로 펑펑 흘러나왔다. 일부러 떠올리는 게 아닌데도 차례차례 추억들이 머릿속에 재생됐다.

울고 있는 모습, 떨고 있는 모습, 어린애처럼 순진무구하게 웃는 모습. 약한데도 혼자 떠나는 모습.

반짝반짝 빛나던 연보랏빛 눈동자와 리본 같은 머리카락. 자신을 향해 내밀던 손바닥.

셀 수 없이 도움을 받았는데.

그야말로 셀 수 없이.

"······미안해, 이브."

"···········네, 네에?"

순간 등 뒤에서 대답이 들렸다.

깜짝 놀라는 바람에 엘은 혀를 깨물었다. 머리에 쓴 경찰모가
벗겨질 기세로 휙 뒤를 돌아보았다.

그곳에는 환각처럼, 이브가 서 있었다.

자수정을 닮은 눈도, 아름다운 머리카락도, 변한 게 없었다.
변함없이 맨살이 드러난 아슬아슬한 옷차림을 한 이브가 고개
를 갸우뚱했다. 이상하다는 듯이 엘을 향해 묻는다.

"저기······ 왜 엘 씨가 여기에? 아니 그보다 버디는 해산했다
고요! 그런데."

"피!"

"엥?"

"그건 됐고, 이 피는 뭔데?!"

피 웅덩이를 손가락으로 가리키면서 엘이 외쳤다. 이브가 다
친 곳 없이 무사하다면 이 피는 어떻게 된 건가.

엘의 기세에 이브는 눈을 깜빡거렸다. 괜히 손을 위아래로 움
직이면서 이브가 대답했다.

"그, 그건 집에 돌아왔더니 도마뱀이 습격해 와서 반격한 흔
적이에요. 시체는 밖에다 놔뒀어요. 습격을 당할 것까진 예상했
던 대로였는데······ 죄송해요. 범인들은 도망가는 바람에 놓
쳐버려서."

이브가 뭐라고 설명하고 있었다. 하지만 자기가 물어봐 놓고

서, 엘은 자세한 사정 따위 아무래도 좋았다. 이 착한 악마가 엘이 올 때까지 살아남아 주었다. 그것보다 소중한 사실이 있을까. 주먹을 쥔 엘이 벌떡 일어났다. 그리고 강하게 바닥을 박찼다.

"……흑."

"후엥?"

엘은 이브를 끌어안았다.

천사가 악마를 포옹했다.

엘이 달려드는 기세를 이기지 못하고 이브는 엉덩방아를 찧었다. 눈이 빙글빙글 돌고 있는 이브를 향해 말했다.

"무사해서 다행이야."

"저기, 우리는."

"됐으니까 그냥 기뻐해!"

"……네."

이브가 순순히 끄덕였다. 슬쩍 팔을 올리더니 머뭇머뭇 이브도 엘을 마주 안았다. 등에 두른 손이 작게 떨리고 있었다. 이브는 조금씩 딸꾹질 소리를 내면서 울음기 섞인 목소리로 속삭였다.

"걱정, 해주셨던 거네요. 감사합니다."

"당연하지! 버디는 신뢰가 중요해."

"그래도 그건 해산했고……."

"나는 인정하지 않았어!"

비명처럼 외치며 엘이 딱 잘라 말했다.

이브의 양어깨를 붙잡고서 끌어안았던 몸을 뗐다. 그러고는 연보랏빛 눈동자를 노려보듯이 마주 보았다. 이제 도망가게 놔 둘까 보냐. 혼자서 어딘가로 가버리도록 둘까 보냐. 위험한 길 을 선택하는 걸 두고 볼까 보냐.

이브는 엘의 버디니까. 그렇게 굳게 다짐하면서 엘은 진지하 게, 마음을 담아 말했다.

"아직 아무것도 해결된 게 없어! 너 혼자 맞서기에 적은 너무 위험해! 혼자서는 할 수 없어도 둘이서라면 해낼 수 있는 일들 이 잔뜩 있어! 어때, 이래도 해산할 이유가 있어?"

"그치만 서장의 명령도 있고…… 엘 씨한테도 폐가."

"에잇, 쫑알쫑알하지 마. 솔직하게 대답해, 이브! 너는 버디를 해산하고 싶어?"

"그건."

"나는 너와 함께 있고 싶어."

단호하게, 딱 잘라 말했다. 망설일 여지는 없다. 엘의 마음속 에 이미 결론은 나왔다.

천사라서 어떻단 말인가.

악마라서 어떻단 말인가.

엘은 이브와 만났다.

그리고, 이 바보를 친구로서 좋아하게 되었다.

혼자서는 할 수 없는 수많은 일들이 있고, 둘이라면 해낼 수 있는 일들이 잔뜩 있다.

그 절대적인 사실 앞에선 거짓도, 가식도 아무런 의미가 없다. 그래서 엘은 다시 물었다.

"너는 어때? 이브."

"저, 저는."

"나를 배려할 필요는 없어. 두 번 다시는 나를 위해 자신을 희생하지 마. 진심으로 싫다면 싫다고 말해도 괜찮아. 그걸로 충분해. 하지만 부탁이니까 네 진심을 들려줘."

"저."

"버디는 신뢰가 중요하니까."

이브의 눈에서 눈물이 주륵 흘렀다. 닭똥 같은 눈물을 뚝뚝 떨어트린다.

습기를 머금은 자수정 눈동자가 아름다웠다. 그런 신비한 아름다움과는 정반대로 이브의 얼굴은 한심하게 일그러졌다. 그러더니 결국 큰 목소리로 울음을 터트렸다. 어린애처럼 엘에게 매달려서 엉엉 울며 호소했다.

"저…… 요즘, 무서운 일들만 계속 일어나서…… 힘든 일투성이였는데…… 그랬는데……."

"응."

"내내 즐거워서, 쭉 기뻐서, 그래서."

"나도 그래."

"저도 엘 씨랑 같이 있고 싶어요."

마침내 속마음을 들을 수 있었다. 엘은 이해했다. 이브도 마찬가지였겠지.

둘이 있는 게 더 따뜻하다.
혼자는 외롭다.

엘은 이브의 머리를 쓰다듬었다. 처음엔 부드럽게, 점차 거친 손놀림으로 머리를 북북 헤집어줬다. 으왓, 으왓, 하고 이브가 날개를 파닥거렸다. 당황하는 이브를 보며 엘이 씩 웃었다.
자, 그러면, 하고 엘이 입을 열었다.

"버디, 재결성이야!"

그 말에 이브도 힘주어 고개를 끄덕였다.
두 사람은 자리에서 일어났다.
"그래서 말인데, 들어봐. 루나가⋯⋯."
분위기를 다잡은 엘이 사정을 얘기했다. 상냥하고, 마음 따뜻한 수인이 처한 위기에 이브는 입술을 꾹 다물었다. 어서 서두르죠, 라는 이브의 말에, 너라면 그렇게 말해줄 거라고 생각했어, 라며 엘도 끄덕였다.

두 사람은 나란히 달렸다.

함께 앞을 향해 나아가면서,
마주 잡은 손은 놓지 않았다.

제7막 막을 내리기엔 너무 일러

"루나!"

쾅, 엘은 대성당 동쪽 끝에 있는—— 사제실 문을 발로 걷어차서 열었다.

아직 교회 세력과 천사의 합동 의식은 끝나지 않았다. 오늘 의식에 참여한 천사들은 아직 천사 경찰 본부로 돌아가지 않았을 거라고 판단했다. 그리고 제인 도가 여신상 앞에서 설교를 하는 동안 성당 구석에 있던 사제로부터 한 가지 사실을 듣게 되었다.

수인이 4인조 천사들에게 끌려갔다고. 『쓸 일이 있으니』 방을 내놓으라는 명령을 했다고.

사제는 그게 어지간히 불쾌했던 모양인지 그 방까지 어떻게 가는지까지 친절하게 가르쳐 주었다. 덕분에 엘과 이브는 다른 천사들에게 들키지 않고서 루나가 있는 곳까지 달려올 수 있었다.

"루나!"

"뭐야, 뭔데?"

엘의 목소리에 자주 보던 4인조가 뒤를 돌아보았다.

네 사람 너머로 볼 수 있었다. 루나는 의자에 밧줄로 묶인 채 고개를 깊이 숙이고 늘어져 있었다. 어깨와 다리에는 참혹한 화상 자국과 잔인하게 채찍질을 당한 상처가 보였다. 모든 흔적에서 붉은 선혈이 흘러나온다. 거기에 더해 가슴께는 입에서 토한 피로 적셔져 있었다.

아무 말도 없이 그저 눈을 크게 떴다.
도저히 살아 있는 상태라고 보기 힘들었다.

쩌억, 하고 주변 공기가 얼어붙었다. 엘은 온 세상의 소리가
사라지는 걸 느꼈다.
가슴 깊은 곳이 텅 비어버리는 감각. 루나의 밝은 웃음을 떠올
리자, 옛날 기억이 함께 재생된다.

『당신이야말로 얘기로만 들었던 정의로운 천사님이로군요.』

그때부터 두 사람 사이에는 어떤 벽이 만들어졌다.
그래서 버디가 될 수 없었던 거겠지.

하지만 친구는 될 수 있었다.
확실한 유대감을 느끼며 함께 걸어왔다.

진공의 세상에 엘 혼자 남겨졌다. 그곳에 시끄러운 고음이 울
려 퍼졌다.
"엘, 마침 좋은 타이밍에 왔잖아. 너도 이 녀석과 똑같아! 아
니, 더한 꼴을 맛보여 줄, 게?"
리더 격인 소녀는 똑바로 말을 맺지 못했다.

소녀의 얼굴 한복판에 엘의 양쪽 구둣발이 작렬했기 때문이다. 훌륭한 드롭킥이었다. 발차기는 코뼈를 부러뜨리고, 턱을 박살 냈다. 그 기세 그대로 리더 격인 소녀가 뒤로 튕겨 날아간다.

다른 세 사람이 황급히 빛의 실을 짜내기 시작했다.

역시 멍청해. 엘이 조용히 생각했다. 세 사람은 머릿수를 살려 엘을 제압하려 시도했어야 했다.

무기 같은 걸 소환해 봤자 이 좁은 방 안에선 연계를 취하는데 방해가 될 뿐이다.

예상대로 한 명이 어색한 움직임으로 장검을 휘둘렀다.

"이거나 먹어!"

"훗!"

바람을 가르며 다가오는 칼날의 검면을 기합을 내지르며 걷어찼다. 핑그르르 날아간 검이 콱, 하고 천장에 박혔다. 히익, 하고 숨을 삼키는 소녀의 얼굴에 주먹을 박아 넣었다.

코피와 이빨이 주변에 흩날렸다. 엘도 손가락을 삐는 부상을 입었지만 통증은 무시했다.

다음 상대는 비취색 머리카락을 가진 소녀였다. 엘은 손가락에 얽히는 머리카락도 아랑곳하지 않고 그녀의 목덜미를 붙잡았다.

그대로 방패로 삼는다. 보우 건을 겨누던 핑크빛 머리카락의 소녀가 당황해서 외쳤다.

"그런 비겁한……."

"싸우는데 비겁이고 반칙이고 없어."

낮은 목소리로 쏘아준 다음 달렸다.

손아귀에 붙잡은 소녀를 힘껏 휘둘러 두 사람을 한꺼번에 벽에 처박았다. 벽에 눌린 핑크빛 머리카락을 가진 소녀의 쇄골에서 우득, 하는 소리가 났다. 내장도 같이 압박당했는지 소녀가 울면서 속에 있는 걸 게웠다.

남은 건 이제 한 명.

주먹을 피로 물들인 엘이 뒤를 돌았다.

분노로 불타는 눈을 본 마지막 남은 소녀는 금방 전의를 상실했다. 손에 든 사벨이 바닥에 떨어졌다. 소녀는 덜덜 떨며 주저앉더니 빠른 어조로 애원하기 시작했다. 울면서 엘을 향해 빌었다.

"사과할게! 사과할 테니까…… 이 수인에 대한 것도, 지금까지 했던 일들도, 괴롭혔던 것도, 옷에 벌레를 놓거나, 뱀을 풀어놨던 것도, 또 그게, 이것저것 위험한 짓을 했던 것도 전부 사과할 테니까! 그러니까!"

"그래서?"

"어?"

엘이 소녀의 얼굴을 손으로 꽉, 쥐었다. 당연히 용서해 줄 거라고 생각했던 모양이다. 얼굴이 경악으로 딱딱하게 굳었다. 자비도, 용서도 없이 엘이 손바닥에 힘을 넣었다. 소녀의 두개골에서 삐걱거리는 소리가 울린다. 눈알을 압박하는 힘에 그녀는 고통스러운 비명을 질렀다.

"컥…… 흐윽…….''

"사과로 용서받을 수 있는 행동이 있고, 아닌 행동이 있어."

지금까지는 이렇게까진 하지 않았다.

아무리 바보 취급을 해도, 신발에 압정을 넣어 놓더라도, 식사에 유리 조각을 넣어 놔도, 임무 도중에 자기 혼자 남기고 가버리더라도, 자신한테만 향하는 심술에는 관심을 주지 않았다. 하지만 네 사람은 선을 넘었다. 용서할 생각은 없었다. 자비를 베풀 생각은 더더욱 없었다.

이건 사과한다고 해결될 일이 아니다.

업화처럼 타오르는 분노를 담아 소리쳤다.

"나한테, 루나를 돌려줘!"

"엘 씨, 살아 있어요! 루나 씨 숨을 쉬고 있어요!"

울먹이는 목소리로 이브가 외쳤다. 루나 앞에 꿇어앉아 뺨을 매만지고 있었다.

그 말에 엘이 손을 확 뗐다. 손아귀에 붙잡혀 있던 소녀가 맥없이 풀썩 쓰러졌다. 입에 거품을 문 걸 보니 기절한 모양이다. 이제 저런 녀석한텐 볼일 없다. 무시하고 재빨리 루나 쪽으로 몸을 날렸다.

이브 옆에 엘도 꿇어앉았다.

"내 말 들려? 루나? ……루나?"

"윽…… 으윽……."

"아직 살아는 있지만 상처가 너무 심해…… 어떻게 하지."

엘이 입술을 깨물었다. 엘은 치료 술사가 아니다. 이 정도로 깊고, 많은 상처를 치료하는 건 능력 밖이었다. 하지만 의사한테 데려갈 때까지 루나의 체력이 버텨 줄 것인가.

그렇게 고민하던 때였다. 뒤쪽에서 청아한 목소리가 들렸다.

"아아, 새장에서 마중이."

"…………제인 도."

뒤를 돌아보며 그 이름을 불렀다. 성스러운 인간── 제인 도는 눈을 가리고 있다. 그런데도 마치 모든 게 또렷하게 보인다는 듯이 의연한 자세로 서 있었다.

다른 천사 경찰을 불러온 걸까, 싶어서 엘이 몸을 긴장시켰다. 그러나 제인 도의 뒤에서 나타난 건──의식 도중 제인 도를 그림자처럼 따라다니던── 검은 소녀였다. 그녀가 담담하게 입을 열었다.

"……경찰은 필요 없어. 그 수인이 살아 있는 것도 제인 도 님 덕분이니까."

"뭐?"

"우선 제인 도 님은 네 사람이 자행하던 고문을 멈추게 했어. 하지만 아직 의식을 치르는 중이었기 때문에 치료는 나중으로 미뤘지. 그래도 걱정하지 마. 제인 도 님이 자비를 베푸실 거야."

메마른 목소리로 말하는 소녀. 그녀는 경의가 담긴 시선으로 그녀의 성녀를 우러러본다.

뽀얀 백골을 떠올리게 하는 머리카락을 매끄럽게 찰랑이면서 제인 도가 입가를 움직였다. 아무래도 미소를 지은 모양이다. 기도하듯이 양손을 모으고서 읊조리듯 말했다.

"많은, 아주 많은, 죽음이, 이곳저곳에. 비명이, 이 귀를 덮어."

"제인 도 님은 사건에 휘말린 희생자가 많음에 슬퍼하고 계신다."

"그래서, 나와, 릴리스는. 기도와, 자애를."

"그러니 치료해 주시겠다는군."

릴리스라고 불린 검은 소녀가 난해한 말을 해석해 줬다.

갑작스러운 제안에 엘은 당혹스러움을 느꼈다. 혹시 함정인가, 하는 경계심도 치솟았다.

하지만 엘의 의심에도 아랑곳없이 제인 도는 루나에게 가까이 다가갔다. 그녀는 하얀 손바닥을 들어 올리고서 작게 성구를 외웠다. 빛무리가 나타나더니 루나의 피부와 근육이 꿈틀거렸다. 벌어져 있던 상처가 들러붙으면서 부드럽게 아물었다. 생생하던 상처들이 조금씩 지워져 간다.

그 모습을 확인한 엘이 등을 꼿꼿이 폈다. 원래 천사가 교회의 인간한테 경의를 표할 필요는 없다. 하지만 이제 그녀는 루나의 은인이다. 엘은 제인 도에게 머리를 숙였다.

"감사 인사를 드리겠습니다. 루나를…… 내 친구를 구해줘서 고마워."

"선행과 정도를 따름이니."

"그저 옳은 일을 실천했을 뿐이라고 제인 도 님이 말씀하셨다."

평탄한 어조로 릴리스가 말을 보탰다. 엘을 따라서 이브도 깊게 허리를 숙여 인사했다.

다행이야, 정말 다행이야, 하고 울고 있었다. 엘도 안도감에 눈물이 배어 나왔다.

이윽고 빛무리가 사라졌다.

치료는 무사히 끝났다.

루나의 숨소리가 깊고 편안한 숨소리로 달라졌다. 제인 도가 릴리스에게 명령해서 루나를 침대로 옮겼다. 몸에 이불을 덮어준 다음 제인 도는 엘과 이브를 향해 몸을 돌렸다.

"여러분이, 싸우는 자들이라면. 전도할 필요가."

"당신들이 나서서 싸워준다면 전할 말이 있다고 하시는군."

"어떤 말인가요?"

감사의 마음을 가슴에 담으며 엘이 귀를 기울였다. 지금은 사건을 해결해야 하지만 그래도 은인의 부탁을 거절할 수는 없었다. 제인 도가 없었더라면 루나는 목숨을 잃었을 테니까.

제인 도는 머리에 쓴 베일을 만졌다. 그리고 망설이면서도 참회하듯이 말했다.

"사악한 둥지에, 대해서."

"적의 본거지에 대해서."

＊ ＊ ＊

"어떻게…… 당신들이 그걸?"

뜻밖의 말에 멍해지고 말았다. 엘이 의문을 담아 물었다.

아마 아는 사람이 없을 정보다. 누구도 파악하지 못했을 사실이었다.

누군가가 알고 있었다면, 그랬다면 사건은 이미 해결되었어야

했다. 그런데 엘의 묻는 말에 제인 도는 슬픈 웃음을 지었다. 그 표정을 통해 엘은 깨달았다.

제인 도는 자세한 이유를 설명할 수 없을 거라는 사실을.

예상대로 말끝을 흐리면서도 릴리스가 뒷말을 이었다.

"교회 본부 안에서도 이번에 벌어진 참극을 어떻게 다루어야 할지 의견이 분분해. 이대로 『우리는 아무것도 모른다』고 모르는 척하고서 사건이 매듭지어질 때까지 기다리자는 자들이 다수파야…… 거기에 더해 천사 경찰 쪽에도 사건의 피해자인 인간족의 대표의 요청으로 수사 종료를 희망한다는 의견이 전달되었다."

"……샬레이나 서장이 손을 뗀 데에는 그런 이유도 있었던 건가."

엘이 중얼거렸다. 이해할 수 없었던 수사 종결의 이유가 마침내 밝혀졌다.

애초부터 천사들의 눈에 인간은 날벌레에 불과하다. 그러니 무리의 대표인 교회 세력이 수사 종료를 요청한 만큼——게으르고 오만한 천사들이—— 계속 움직일 이유가 없었다. 그 결과 더 많은 무고한 사람들이 죽게 되더라도 그들은 조금도 신경쓰지 않는다.

전부 인간들 스스로 결정한 일이라면서 선을 그었겠지. 참 냉혹한 판단이다.

쯧, 혀를 차는 엘 옆에서 이브가 손을 들었다.

"저기, 대답해 주실 수 있는 질문인지는 잘 모르겠지만요……."

"뭐지?"

"혹시 진실이 판명되면 종족 간의 문제로 얽힐 만한 일인 건 가요?"

이브의 질문에 엘은 눈 앞을 가리고 있던 안개가 말끔하게 걷히는 듯한 착각이 들었다.

그렇다. 현재로서 인간은 주요 피해자였다.

가해자인 술사도 인간이긴 하다. 하지만 어느 쪽 파벌에 속해 있는지는 아직 불명이다.

하지만 만약에 그들이 교회와 연관이 있다면 인간들이 지금껏 쌓아온 지위가 전부 허사가 될지도 몰랐다. 아무튼 범인들은 천사와 악마를 노렸고, 『시조』마저 습격하려고 일을 꾸민 것이다. 최하층 종족의 반역이라니, 다른 네 종족이 용서하지 않을 게 분명했다.

이브의 지적에 릴리스는 어두운 표정으로 말했다.

"그뿐만이 아니다…… 만약의 가정이지만. 그 결과에 따라선 제인 도 님의 입장 역시 위태로워질지도 모른다."

"당신의 입장?"

엘이 미간을 찌푸리자 제인 도가 아주 살짝 고개를 끄덕였다. 하지만 그다음엔 고개를 좌우로 저었다.

이해할 수 없는 동작의 의미는 릴리스가 설명해 줬다.

"그럼에도 제인 도 님은 더 이상 무고한 어린 양이 살해당하기 전에 사건이 해결되기를 바라고 계신다…… 그래서 당신들이 대신 움직여 주기를 부탁하는 거다."

릴리스가 고개를 숙였다. 제인 도는 합장하듯 손바닥을 모았다. 그리고 그대로 무릎을 꿇었다. 순백의 청초한 의상이 더러워지는 것도 개의치 않고, 그저 진지한 태도로 기도를 바치기 시작했다.

아무 말 없이 엘과 이브는 서로 시선을 교환했다.

자세한 사정은 모른다. 사건의 이면에 도사린 종족 간의 이권 다툼을 엿봤을 뿐이다. 기묘한 사건이니만큼 짐작은 했었다. 이 일련의 사건들이 그저 단순한 살인이나 습격일 리가 없다고. 여기서 더 발을 들이미는 건 어리석은 행동일지도 몰랐다.

하지만 이대로 놔두면 무참하게 살해당한 시체가 늘어날 뿐이다. 수인들은 아무것도 모른 채, 인간들은 참상에서 눈을 감은 채, 천사들은 움직이지 않고, 악마들은 관심을 두지 않고, 흡혈귀는 그 모습을 비웃을 뿐.

그렇다면 엘과 이브가 나설 수밖에 없다.

전례가 없는 천사와 악마의 버디가.

그래서 엘과 이브는 당당하게 대답했다.

"알겠습니다."

"우리 둘이, 버디가 해결할게요."

"깊은 사랑을."

"고맙습니다, 라고 제인 도 님이 말씀하셨다…… 그리고 나도 감사를 표하겠어."

"그래서? 적의 본거지는 어디지?"

엘이 당연한 의문을 던졌다.

릴리스가 가슴 안주머니에서 접이식 지도를 꺼냈다. 탁자 위에 지도가 펼쳐진다. 손가락으로 짚은 곳은 한 산맥 지대. 산맥의 기슭 위치에 표시된 유적의 기호를 톡톡, 두드린다.

"여기다."

"거긴."

위치를 본 엘의 말문이 막혔다. 그곳은 초식동물이 자취를 감추고, 다른 종족은 다가가지 않는 토지── 아름다운 흡혈 공주가 기거하는 저택 근처였다. 아슬아슬하게 사유지에서 비껴간 걸로 짐작하건대 노아는 그곳을 일부러 못 본 척했던 거겠지. 그 흡혈 공주다운 행동이긴 하지만 저절로 한숨이 나왔다.

하여간 이러니까 고등 종족은. 엘은 머리를 감싸 쥐었다. 그들은 동족은 빈틈없이 감시하는 주제에, 반대로 다른 종족한텐 너무하다 싶을 정도로 관심이 없다. 동시에 납득이 가기도 했다. 저곳이라면 흡혈 공주 덕분에 다른 사람들은 다가오지 않았을 테니까. 오랜 옛날에 세워진 지하 성당은 몸을 숨기기엔 최적의 장소다.

확인했습니다, 엘이 대답했다.

"지금 바로 이동하겠습니다…… 루나는."

"제 손에."

"제인 도 님이 보호하시겠다고 하신다."

"루나를 잘 부탁드리겠습니다."

엘이 꾸벅 고개를 숙였다. 이브도 마찬가지다. 고개를 들자, 릴리스와 제인 도가 알았다는 듯 고개를 끄덕였다. 두 사람은 엘과 이브 말고는 맡길 만한 사람이 없다는 것처럼 뒷일을 부탁했다.

엘은 경찰모를 고쳐 쓰면서 기합을 넣었다.

"가자, 이브!"

"네! 엘 씨!"

두 사람은 기세 좋게 달려갔다.

그 등 뒤로 제인 도의 선율과도 닮은 목소리가 날아들었다.

"그리고, 여왕의, 가호 있기를."

* * *

"여왕이라…… 여왕."

"왜 그러세요? 엘 씨."

"아니…… 여전히 수수께끼는 풀리지 않는구나 싶어서."

잿빛으로 메마른 나무들 사이에서 엘이 대답했다.

그렇다. 몇몇 의문은 풀렸다.

하지만 그건 정말 일부분뿐이다.

적의 본거지의 위치라는 중요한 정보는 밝혀졌다. 그러면서 사건의 전모는 여전히 어둠 속에 잠긴 상태다. 그야말로 뒤틀린 상황이라고 할 수 있었다. 생각할 거리는 얼마든지 있는데도, 전부 머리를 굴려 봤자 답이 나오지 않는 문제뿐이다.

작은 바위들로 이루어진 길에서 잠깐 발걸음을 멈추고 이브가 바위를 오르는 걸 도와줬다. 이브는 고맙습니다, 하고 감사 인사를 했다. 앞장서는 이브의 뒤를 따라가면서 엘은 생각에 잠겼다.

지금까지 들었던 수수께끼로 가득한 여러 말들을 다시 떠올려 봤다.

『여왕의 영광은 오직 우리 곁에만 함께한다.』
『세계의 진실을 알고 있나?』

앞의 말은 적이 교회 세력과도 연관이 있으므로 뱉은 말이라고도 짐작해 볼 수 있었다. 하지만 그렇다면 샬레이나 서장도 똑같은 말을 입에 담았다는 점이 쉽게 이해가 가지 않는다.

이어서 『세계의 진실』에 대해선 도저히 무슨 뜻인지 모르겠다. 진실이라니, 그런 게 따로 있는 걸까. 만약 있다고 치면 겨우 일개 술사가 세계의 진실을 알고 있다는 걸까.

하지만 그냥 헛소리로 치부할 생각은 안 들었다.

(목적지는 확실하게 밝혀졌지만.)

배후의 어둠은 여전히 깊고 깜깜했다.

게다가 엘은 아까부터 기분 나쁜 예감이 들었다.

이 사건의 배후에는 알아서는 안 되는 사정이 숨어있는 것처럼 느껴졌다. 『여왕』의 이름과 마찬가지로, 함부로 들어선 안 되는 무언가가 묻혀 있는 게 아닐까. 자꾸만 그런 생각이 든다. 분명 이 사건에는 무거운 비밀이 있다.

마치 계속 꾸던 악몽처럼.
봐서는 안 되는 무언가가.

그런 생각을 떠올리면서도 엘은 부지런히 발걸음을 옮겼다. 나뭇가지나 낙엽이 쌓인 지면 위를 밟고 나아간다.
잠시 후 앞서 나아가던 이브가 폴짝 뛰었다. 날개를 파닥이면서 기운차게 외쳤다.
"엘 씨, 보여요! 저곳이에요!"
"응…… 마침내 도착한 걸까."
엘이 중얼거렸다. 아직 거리는 좀 있지만, 눈앞에 거대한 암벽이 우뚝 솟아 있었다.
암벽에는 자연적으로 생겼으리라 짐작되는 동굴이 뚫려 있었다. 검고, 삐뚤어진 입처럼 생긴 동굴 입구 주변은 인공적으로 세워진 기둥으로 장식되어 있었다. 입구 앞에는 여왕의 상과 성모의 상이 우아하게 손을 맞잡고 있다. 여왕의 상은 나중에 추가로 세워진 것처럼 보였다. 언제 세웠는지는 불명이지만 교회 세력의 이념이 담긴 유적임은 확실했다.
경비를 서는 자는 보이지 않는다.

그 사실에 안도하면서—— 동시에 **위화감을 느꼈다.**

"잠깐만, 이브."

"네?"

서두르자며, 이브는 이미 앞으로 달리고 있었다.

달려가던 이브의 다리에 팅, 하고 무언가가 걸려 끊어졌다.

그건 나무들 사이에 묶여 있던 실이었다. 그와 동시에 머리 위에서 까악, 하는 소리가 들렸다.

엘은 단번에 깨달았다. 함정에 걸렸다. 그 결과 어딘가에 있던 새장에서 사역마가 뛰쳐나온 게 분명했다. 인간의 눈을 가진 까마귀가 머리 위를 맴돌고 있었다. 저게 지원군을 불러오기 전에 처리해야 한다. 엘이 순식간에 빛의 실을 짜냈다.

머리 위를 맴도는 검은 그림자를 총으로 쏘려는 순간, 사역마는 예상치 못한 행동을 벌였다.

——까악, 까악, 까악!

기름과 불꽃을 가득 머금은 애벌레를 마구 뿌려대기 시작한 것이다.

"엎드려!"

"엘 씨!"

재빠르게 엘은 이브를 보호하듯 감쌌다. 권총을 없애고서 몸으로 파트너를 지켰다. 자기들끼리 서로 부딪히면서 애벌레들의 몸에 불이 붙었다. 갈라진 몸통에서 기름이 새어 나온 순간 머리 위에서 연쇄적인 폭발이 일어났다.

마치 세상의 종말이라도 찾아온 것처럼 뜨거운 화염의 비가 쏟아졌다.

거기에 폭발의 충격으로 부러진 나뭇가지나 나무 파편들이 어지럽게 섞였다.

둔중한 통증이 엘의 뒤통수를 흔들었다. 엘의 몸 아래에서 이브의 동공이 확장된 게 보였다. 엘도 숨을 삼켰다. 이브의 하얀 뺨에 핏방울이 점점이 묻어 있었다. 고통과 현기증을 견디면서 엘이 입을 열었다.

"이브…… 상처, 가."

"아니에요. 이건."

엘 씨의 피라고요.

울음을 터트릴 것 같은 목소리를 마지막으로.
엘의 의식이 뚝 끊겼다.

제8막 목숨을 걸 가치가 있다

꿈을 꾸었다.

이제는 익숙해지기 시작한 꿈이다.

아름답고, 달콤하고, 불길한 악몽.
그런데 오늘은 꿈의 내용이 조금 달랐다.

아름다운 사람이 머리맡에서 얼굴을 들여다보고 있었다. 아무래도 자신은 지금 쓰러져 있는 모양이다. 뒤늦게 그 사실을 깨닫고서 일어나야겠다는 생각이 들었다. 지금 자고 있을 때가 아니다. 그런데 몸이 털끝 하나 움직이지 않는다. 저도 모르게 입술을 깨물었다. 한심하기 짝이 없다. 뭐 하나 제대로 되는 게 없었다.

소중한, 누군가조차 지키지 못했다.

그게 슬프다.
그리고 괴롭다.

눈물이 넘쳐흐른다. 고통이 가슴을 찢어놓는다. 오열이 새어

나온다. 그런데 아름다운 사람은 신경도 쓰지 않았다. 그야 당연하겠지. 그녀는 인간도, 수인도, 악마도, 흡혈귀도, 천사도 아니다.

슬픔이란 감정을 가지고 있지 않았다.

그래서 아름다운 사람은 같은 말만을 되풀이했다. 바보 같을 정도로. 광대처럼.

————있잖아, 당신은 무엇을 소망해?
————있잖아, 당신은 무엇을 소원해?

소망은 있다.
소원도 있다.

꿈이 있다.
그렇지만.

"일어나야 해——— 잃고 싶지 않다면."

엘은 자기 목소리에 눈이 뜨였다.
눈앞에는———샹들리에로 장식된——— 붉은 천장이 가득 펼쳐져 있었다. 그리고 등에선 폭신폭신한 감촉이 느껴졌다. 대체 무슨 일인가, 상황을 이해할 수 없어서 혼란에 빠졌다. 자신은 방금 불과 기름이 비처럼 쏟아지는 함정에 당해 쓰러졌을 텐데. 그리고 적지 않은 피를 흘렸다. 어렴풋이 기억나는 마지막 기억과 지금 눈앞에 보이는 광경 사이엔 어마어마한 격차가 있었다. 그 격차가 지금 상황을 이해하기 힘들게 만들었다.

전부 다 꿈이었던 걸까, 싶어서 엘이 손을 뻗었다. 부드러운 체온이 손끝에 닿는다.

안도감을 느끼면서 엘이 외쳤다.

"이브!"

"너는 무슨 소릴 하는 거야?"

혐오감마저 느껴지는 목소리가 되돌아왔다. 엘은 헉, 하고 정신을 차렸다. 옆에서 자고 있는 사람은 이브가 아니다.

흡혈 공주의 애완동물── 하츠네였다.

그렇다면 지금 이곳은── 엘이 거기까지 생각했을 때였다.

"폭발음이 들렸어. 살펴보라고 에틸을 보냈더니 네가 쓰러져 있더라. 옆에는 아무도 없었어. 주변에도 특별한 건 아무것도 없었고. 그리고 상처는 천사 경찰과는 관련 없는 치료사를 불러서 치료해 뒀어. 요금은 나중에 청구할 테니까 부탁할게…… 대충 이런 상황이야."

시원스런 목소리가 들렸다. 몸을 일으켜 보니 자수가 새겨진 소파 위에 노아가 앉아 있었다.

기품 있는 자세로 노아가 피를 넣은 홍차를 입가로 가져갔다. 검은 광택이 나는 탁자 위엔 평소처럼 다과 세트가 놓여 있었다.

홍차를 한 모금 마신 노아는 우아하게 고개를 기울였다.

"그게 전부야. 더 묻고 싶은 말은 없을 거야. 그렇지?"

단숨에 엘의 의문을 해소해 준 흡혈 공주가 속삭였다. 엘은 어안이 벙벙해져서 주변을 둘러보았다.

엘은 방금까지 황금빛 늑대의 모피 위에 누워 있었다. 방해된다고 말하는 것처럼 하츠네가 발바닥으로 엘을 꾹꾹 밀고 있다. 그걸 무시하고서 아까 다쳤던 머리 부위를 더듬어봤다. 확실히 상처는 없었다.

그래도 통증의 여운은 덜어낼 수 없었는지 두개골 안쪽이 흔들리는 듯한 불쾌감이 느껴졌다.

엘은 이마를 힘주어 꾹꾹 눌렀다. 이대로 생각을 포기해 버리고 싶다. 하지만 결코 그래선 안 된다.

속이 울렁거리는 감각을 참으면서 생각하고 생각한 끝에 엘이 입을 열었다.

"노아."

"왜?"

"그게 전부가 아니잖아?"

확신을 품고서 옅은 붉은색 눈동자로 공주를 노려보며 엘이 물었다.

소리도 없이 컵을 찻잔에 내려놓은 노아가 달콤하게 웃었다.

"역시 엘은 똑똑한걸. 좋아해."

노아가 얘기하지 않은 내용이 있는 게 틀림없었다.

왜냐하면 『무언가가 없어서는』 상황이 이해가 가지 않는다.

적은 이브를 데려갔다. 그런데도 엘만 그 자리에 남기고 갔다면 거기엔 뭔가 이유나 의도가 있겠지. 폭발 현장에 그 이유를 짐작할 수 있을 만한 무언가가 없는 쪽이 더 이상하다.

"가르쳐 줘…… 어째서 나만 남기고 사라진 거야?"

"이유는 바로 이거야."

팔락, 하고 노아가 갈색 종이를 들어 올렸다.

잘 보니 그건 사람의 가죽을 꿰매서 만든 인피지였다. 잔인하고 역겨운 물건이다. 망가지지 않도록 조심해서 건네받았다. 잉크로 쓴 읽기 어려운 문자를 필사적으로 해독하기 시작했다.

안녕하신가, 천사 경찰 제군.

빠르게 이곳에 도착했다는 사실로 미루어 볼 때, 당신은 『그분』께 인정받았다는 뜻.

그렇다면 자네에겐 권리가 있어. 세계의 진실을 알고 싶다면 가르쳐 주지. 그리고 우리와 함께 올 수 있는 권리도 주겠다. 하지만 만약 모든 걸 잊고서 평온한 삶을 살고 싶다면 그 또한 허용해 줘야겠지. 그러니 나는 자네를 여기에 두고 가겠다. 우리의 적, 혹은 아군이 되겠다는 결심이 선다면 와라. 만약 오지 않더라도 아무도 자네를 책망하지 않을 것이다.

그 결단에 행복이 있기를.

"이건……."

"아마도 적은 엘이 천사 경찰을 배신한 상태고, 그래서 『제인 도』한테 부탁을 받아 움직이고 있다는 걸 알고 있는 거야. 그래서 당신이 도망치더라도 지원군을 부를 수 없으니 해가 되진 않을 거라 판단했겠지."

흡혈 공주가 태연하게 말했다. 엘은 깜짝 놀랐다. 아직 탈주했다는 소식은 퍼지지 않았을 터였다. 설령 소식이 전해졌더라도 천사 경찰 내부의 정보를 노아가 자세히 알고 있는 건 이상한 일이었다.

낮은 목소리로 엘이 물었다.

"……노아, 너. 대체 어디까지 파악하고 있는 거야?"

"요즘 보는 눈을 늘렸거든."

시원스레 대답했다. 저 모습을 보니 대성당 안에도 그녀의 『눈』이 깔려있을 가능성이 높다. 인간 중에도 스스로 기쁘게 흡혈 공주의 종이 되기를 바라는 자가 있다. 어쩌면 손쉽게 루나의 위치를 가르쳐 줬던 사내도 흡혈 공주의 종이었을지도 모른다.

일단 그게 사실인지 아닌지는 제쳐두자. 엘은 편지 내용에 입술을 짓씹었다.

이 편지만으로는 알 수 없는 부분들이 있다.

수많은 수수께끼가 겹쳐서 엘의 머릿속을 헤집어 놓는 듯한 착각이 들었다.

"제인 도한테 위치와 장소를 들은 걸로 따지면 이브도 나와 마찬가지였어…… 그런데 어째서 이브만 데려간 거지?"

"글쎄? ……그래서 엘은 어쩔 생각이야?"

"갈 거야. 그야 당연하잖아?"

"하지만 적은 당신 혼자는 문제가 되지 않을 거라 판단했어…… 그래서 그 자리에 남기고 간 거야."

노아의 지적에 엘은 주먹을 꽉 쥐었다. 맞는 말이었다.

만약 엘이 위협이 된다고 적이 판단했다면 기절해 있는 동안 죽였겠지. 목숨을 부지한 채 돌아올 수 있었던 건, 적이 엘의 전투력을 냉정하게 파악한 다음 판단한 결과라고 짐작할 수 있었다.

위협도, 문제도, 되지 않을 거라고.

노아는 이어서 아무렇지 않게 말했다.

"노아도 똑같은 생각이야. 그걸 깨닫지 못한다면, 어리석게도 현실에서 눈을 돌릴 거라면 엘은 일상으로 돌아가야 해…… 거기에 가 봤자 어차피 당신은 상대가 안 될 거야. 엘도 악마 여자애도 죽어."

"지금 이대로라면 그렇겠지. 상대의 제안에 따라 아군인 척하고 잠입해도 결과는 마찬가지야."

"맞아. 결국 살해당할 뿐. 그래도 상관없다면야 가도록 해."

개죽음을 당하더라도 무덤 위에 장미꽃은 올려줄게.

그렇게 말하며 흡혈 공주가 쿡쿡 웃었다. 마치 남 일이라는 태도다. 엘은 그 모습을 물끄러미 응시했다.

노아의 말로 미루어 짐작해 보자. 엘은 지금 추적당하는 중이 겠지. 틀림없다. 동포한테도, 상사한테도 의지할 수 없다. 천사 경찰은 더 이상 아군이 아니고, 파트너는 붙잡혔다.

남은 건 자기 자신뿐.

하지만 **아직 남은 수단이 있다.**

엘은 심호흡을 했다. 이것만큼은 쓰고 싶지 않았지만 어쩔 수 없다.

각오를 다지고서 입을 열었다.

"이길 수 있어."

"불가능해."

"이길 수 있어…… 노아, 너희들이 힘을 빌려준다면."

떨리는 목소리를 참으면서 엘이 힘주어 말했다.

흡혈 공주의 핏빛 눈이 가늘어졌다. 이해할 수 없다는 듯, 고 귀한 공주는 천사에게 물었다.

"노아가, 어째서, 당신을 도와야 하는데?"

"옛날부터 알고 지낸 사이잖아?"

"겨우 그것 가지곤 노아가 움직일 이유가 안 돼."

"아니, 날 도와줘야겠어. 무조건."

"죽고 싶은 걸까?"

"여기서 목숨을 잃을 생각은 없는데."

"그렇다면 천사 주제에 주제 파악을 하도록 해. 엘 플랙티어."

얼음처럼 한기가 서린 목소리가 울렸다. 한순간 엘의 심장이 멈췄다. 그 짧은 사이에 10번은 죽었다고 몸이 멋대로 착각하고 말았다. 가슴을 꿰뚫리고, 날개를 찢기고, 전신이 난자당한 느낌이 들었다. 입을 막고서 목구멍까지 올라온 위액을 삼켰다.

친근하고 앳된 인상의 베일을 벗어 던진 노아가 오만하게 말했다.

"**나**는 아무도 구하지 않아."

"——**빛으로 달겠어.**"

엘이 또렷한 목소리로 단언했다.

한 잔 더 홍차를 따라주러 다가왔던 에틸이 그 말에 경악해서 찻주전자를 떨어트렸다. 쨍강, 하고 예술품에 가까운 가격을 가진 비싼 도자기가 깨지는 소리가 났다. 홍차가 붉은 피처럼 바닥에 퍼져나갔다. 그걸 정리하는 것조차 잊고서 에틸은 한 발짝 물러섰다. 얘기를 듣고 있던 하츠네도 입을 딱 벌리고 있었다.

몇 초간의 침묵이 흘렀다. 그러다 평온한 목소리로, 노아가 표정 없이 물었다.

"……그게 무슨 뜻인지 알고는 있어?"

"내가 모를 리가 없잖아."

엘이 대답했다. 전신에 식은땀이 흐른다. 심장 고동이 비명을 새기고, 눈에선 눈물이 비집고 나왔다. 정신을 놓았다간 취소하겠다는 말이 토사물과 함께 올라올 것 같았다. 농담이야. 제발 용서해 줘. 엘은 필사적으로 올라오려던 말을 꾹 참았다. 여기서 마음이 꺾인다면 그야말로 전부 끝장이다.

최대한 허세를 끌어올려 아무것도 아니라는 듯이 웃었다.

"흡혈 공주와의 계약은 절대적. 앞으론 네 변덕만 가지고도 내 몸은커녕 영혼까지 자유자재야. 손가락을 튕기면 심장이 뛰고, 명령만 내린다면 영혼째로 소멸할 거야. 그래도 상관없어. 대신 힘을 빌려줘."

"어째서 그렇게까지 하는 거야?"

노아가 물었다. 흡혈 공주의 순수한 물음 속에는 어린아이가 저건 뭐야? 라고 묻는 듯한 맑은 울림이 있었다. 하지만 엘의 긴장감은 계속해서 치솟을 뿐이었다. 여기서 그녀의 대답이 노아의 마음에 들지 않는다면 대화는 거기서 막을 내리겠지. 단순히 이브가 살아남을 가능성이 사라지고, 사건의 진상이 묻히는 정도로 끝나는 게 아니다.

엘이라는 존재 자체가 그 순간 강제로 막을 내리게 된다.

그런 위험에도 엘은 망설이지 않고 대답했다.

"이브가 소중하니까."

"……그래."

"목숨도, 영혼도 걸지 못하면 뭐가 버디야."

엘이 힘주어 단언했다. 일련의 사건이 감추고 있는 어둠을 밝히는 것도, 세계의 진실도 중요하다. 하지만 지금 가장 최우선으로 지켜야 할 건 위험에 처해 있는 악마의 목숨이었다. 동시에 이걸로 실패하더라도 후회는 없다고 생각했다.

마지막의 마지막까지 나는 그 악마의 버디다.

그 다짐만큼은 굽힐 수 없다. 양보하고 싶지 않다.

"⋯⋯⋯⋯마음은 잘 알았어. 그렇다면 기회를 줄게."

흡혈 공주는 아득히 높은 곳에서 담담하게 읊조렸다.

엘은 주먹을 쥐었다. 조금이지만 단두대의 칼날이 목에 떨어지는 순간을 뒤로 미루는 데 성공했다.

엘의 말을 들은 에틸이 황급히 어디론가 달려갔다. 잠시 기다리자, 곱게 접힌 붉은색 천을――머리 위까지 높이 들고서――가져왔다. 천 위에는『시조』의 옆얼굴이 새겨진 탁한 금색 동전이 올려져 있었다. 중량감이 느껴지는 동전을 손에 들고서 노아는 평소와 다를 바 없는 태도로 미소를 지었다.

"간단한 게임이야. 인간들도 자주 하는 게임이지?"

고개를 끄덕였다. 동시에 이건 인간들이 하는 게임과는 다르다는 사실도 깨달았다.

노아는 엘이『빛을 지기에』적합한 강자인지 아닌지를 시험해 보려는 것이다.

팅, 하고 노아가 동전을 튕겼다. 공중에서 빙글빙글 회전한다 싶더니 갑자기 지그재그로 날아다니기 시작했다. 동전에 마력을 주입했기 때문에 보여줄 수 있는 움직임이다. 빠르게 복잡한 궤적을 이리저리 그리더니 눈앞에서 자취를 감췄다. 동전이 사라지는 모습을 엘은 눈을 떼지 않고 지켜봤다. 살짝 웃고서 노아가 묻는다.

"자, 대답해 봐. 동전은 어디 있지?"

만약 틀린다면 목숨을 잃는다.

그렇다. 엘은 긴 한숨을 내뱉었다. 이길 가능성은 작다. 흡혈 공주는 선택지를 동전의 앞면이냐 뒷면이냐를 맞히는 간단한 양자택일로 좁혀주지도 않았다. 긴장과 공포로 온몸이 축축했다. 이미 머리가 몸통에서 떨어져 나가는 미래가 확실한 것처럼 느껴질 정도였다. 정답을 제대로 맞힐 수 있을까. 자신이 없다.

하지만 엘은 한계까지 팽팽하게 끌어올린 자기 자신의 감을 믿었다.

엘은 천사 경찰의 엘리트다.

결코 질 수 없는 승부에서 승리를 따낸다.

"이쪽이야."

엘이 대답과 함께 손에 포크를 쥐었다. 포크로 탁자 위에 놓은 케이크를 가르자, 안에서 걸쭉한 붉은 액체가 쏟아져 나온다.

땡그랑, 하고 동전이 떨어졌다.

무거운 침묵이 이어졌다. 노아도, 에틸도, 하츠네도, 누구도 움직이지 않았다. 이윽고 노아는 후우, 하고 짧게 숨을 토해냈다. 그리고 살짝 쑥스럽다는 것처럼 자기 뺨에 한 손을 대더니 속삭이듯 말했다.

"『즐거운 일은 계속하는 게 좋아』…… 분명 그렇게 말한 사람은 노아였지."

"그럼!"

"빚은 빚이야. 이쪽으로 와."

달콤하게 노아가 손짓했다. 엘은 순순히 지시에 따라 흡혈 공주의 앞까지 다가갔다. 그리고 당연한 듯 시종처럼 무릎을 꿇었다. 물 흐르듯이 자연스러운 움직임으로 왼쪽 손을 내민다.

착한 아이구나, 하고 칭찬하는 것처럼 노아가 미소를 지었다. 그녀는 엘의 손바닥을 쥐고서 입을 벌렸다. 까득, 하고 약지에 이빨이 박혔다. 약간의 피를 빨아들이면서 노아는 그 자리에 자신의 마력을 흘려 넣었다.

순간 엘은 영혼과 심장에 노아와 이어진 무언가가 연결되었음을 깨달았다. 자신의 모든 것에 누군가의 소유임을 나타내는 인장이 새겨지는 느낌이었다. 정복당하는 기묘한 감각을, 이를 악물고 견뎌냈다.

입가를 붉게 물들이면서 노아가 속삭였다.

"계약은 성사됐어…… 그리고 자랑스럽게 여기도록 해."

노아의 하얀 손이 부드럽게 움직여 검은 드레스에 감싸인 가슴 위에 닿았다. 피처럼 새빨간 눈동자를 빛내면서 노아는 입술을 일그러트렸다. 그러고선 노래하듯 선언했다.

"일개 천사 따위를 위해서 이 내가—— 흡혈 공주 노아가 나설게."

엘은 끄덕였다. 엘 역시 확실하게 이해하고 있었다.

그건 마치 별을 지상에 떨어트리는 것만큼.
흔치 않은 행운이자, 기적이라고 표현해야 했다.

* * *

어딘가에 묶여 있을 실에 주의를 기울이면서 엘은 바위산을 걸었다.

다시 한번 유적 근처까지 왔다.

노아는 어쩌냐면 자기 발로 걷지 않고 에틸의 품에 안겨서 이동 중이다. 덤으로 양산까지 쓰고 있다. 가끔 심심한지 시안의 품으로 이동하기도 했다. 싸울 힘이 없는 하츠네는 저택에서 대기다.

세 사람이 저택을 나설 때, 하츠네는 고개를 휙 돌리면서 『내 저녁 식사 시간 전까진 돌아오라고』라고 말했다. 그리고 불손하다는 이유로 마구 간지럼을 당하는 바람에 엘은 그 웃기는 장난이 끝날 때까지 기다려야만 했다.

그래도 현재 무사히 유적에 도착했다.

문 앞에는 경비병 역할인 사역마의 모습이 보였다.

"그렇군…… 확실히 이건 힘들겠어."

엘의 입에서 저절로 그런 말이 나왔다. 문 앞에 두 마리 골렘이 팔짱을 낀 자세로 서 있었다.

고위 마술과 다수의 산 제물을 바쳐야만 만들 수 있는 살아 있는 바위 거인이다. 거구의 몸집은 성인 세 사람을 합친 크기로, 거대한 질량으로 가하는 공격력은 어마무시할 정도다. 무엇보다도 상대하기 까다로운 요소는 단단함이다. 엘이 저 골렘들한테 유효한 타격을 주려면 박격포를 쓸 수밖에 없다. 그래서야 본거지로 들어가기도 전에 가진 힘을 다 소모해 버리고 말겠지. 하지만 지금은 그럴 걱정이 없다.

엘은 노아에게 힐끗 시선을 던졌다.

"그래도 문제없어. 맞지?"

"정답. 이 노아한테 저게 문제가 될 거라는 의심을 품었다면 목을 날렸을 거야."

그렇게 말하면서 노아는 에틸의 품에서 내려왔다. 나무 덕분에 햇빛이 닿지 않고 그늘이 지는 위치다.

엘은 유적 입구를 살펴봤다. 마침 햇빛이 바위산에 가려 그늘이 져 있었다. 좋은 타이밍이다.

햇빛이 흡혈 공주를 방해할 일은 없어 보인다.

메이드 둘이 달라붙어 바쁘게 손을 놀리며 흡혈 공주의 흐트러진 옷을 바로잡았다. 에틸은 가볍게 프릴을 정돈했고, 시안은 신중한 손길로 머리카락을 빗었다. 몸가짐 단장은 금방 끝났다.

메이드 둘은 스커트 자락을 잡고서 우아하게 절을 올렸다.

"마음 내키는 대로 하시죠, 아가씨."

"잘 다녀오세요, 주인님."

에틸은 즐거운 기색으로, 시안은 진지한 목소리로 말했다.

두 메이드를 뒤에 거느리고서 노아는 살짝 날개를 움직였다.

"자, 막을 올려보자."

노아의 모습이 사라졌다.

순간 골렘이 고개를 갸우뚱하고 움직였다. 무언가 위화감을 느낀 모양이다.

그와 동시에 골렘의 머리가 옆으로 주르륵 미끄러졌다. 몸통도, 팔도, 다리도, 사선으로 잘려 미끄러지듯 땅에 떨어졌다. 8조각으로 조각난 골렘은 평범한 바윗덩어리로 변했다. 쿠웅, 쿠웅, 쿠웅, 하고 땅이 울리는 소리를 내면서 그 자리에 무너진다. 남은 건 제대로 된 형태조차 갖추지 못한 돌무더기뿐이었다.

예상했던 광경이라곤 하나 엘은 할 말을 잃었다. 식은땀이 뺨을 타고 흐른다.

골렘을 부드럽게 썰어버릴 수 있는 자가 또 있을까.

이 흡혈 공주를 제외하면.

"재는 재로. 먼지는 먼지로. 바위는 바위로."

노아는 날개를 휙, 움직여서 묻은 모래를 털었다. 저 다이아몬드와 맞먹는 경도를 가진 날개에 골렘이 토막 나 버렸다. 잔해를 차가운 눈으로 내려다보면서 기품 있게 중얼거렸다.

"생명이 없는 꼭두각시는 재미없어. 장난 수준의 가치도 안 돼. 노아 앞에 설 권리가 없어."

시선을 올리고 걸어가는 노아의 뒤를 따라가면서 엘도 유적 안쪽을 살폈다. 동굴 안에 짙게 고인 어둠 속에 불빛이 켜진다. 술사와 괴물들이 예상을 뛰어넘는 존재의 등장에 경악과 탄식이 섞인 소리를 질렀다.

"얘기가 다르잖아! 어째서 저 흡혈 공주가!"

"다른 종족한테 관심이 없는 거 아니었나! 전력을 다해 맞설 준비를……."

그들은 떨리는 목소리로 외쳤다. 움직이지 않는 산이 전면에 나섰다는 걸 깨닫고 있었다.

노아는 입술에 손가락을 댔다. 그리고 아무렇지도 않게 중얼거렸다.

"그래…… 딱히 어느 쪽 편을 들어도 상관은 없는데."

"야야, 너 진짜. 나는 진심을 다해서 이겼고, 진심으로 빚을 진 거라고."

"그래. 알고 있어. 농담한 거야…… 그치만 말이지."

다시 한번 노아의 모습이 사라졌다. 알아차렸을 땐 이미 적들의 한가운데에 모습을 드러내고 있었다. 비명과 함께 칼날과 흑마법이 쏟아지는—— 일조차 없었다. 저항할 기회마저 주어지지 않은 것이다.

흡혈 공주의 등 뒤로 하얀 날개가 펼쳐진다.

달빛을 닮은 밤의 상징이 부드럽게 주변을 어루만졌다.

그걸로 끝이었다.

인간도, 괴물도, 짐승도,
모두가 목이 날아갔다.

"너희들은 너무 지루한걸."

피 분수가 허공을 수놓고 머리통이 바닥을 데굴데굴 굴렀다.
끈적이는 피가 동굴 벽면을 선명하게 칠했다. 한 박자 늦게 풀
썩, 하고 시체들이 지면에 쓰러졌다. 후드득 피의 비가 내린다.
피의 비를 손바닥으로 막으면서 노아가 중얼거렸다.
"우산을 갖고 올 걸 그랬어. 왜냐하면……."

붉은 빗방울은 조금 더 내릴 예정인걸.
노아는 그렇게 말하며 눈을 빛냈다.

* * *

그다음 있었던 일은 이미 짜인 시나리오를 따라가는 것처럼
막힘없이 진행됐다. 눈앞에 펼쳐지는 광경은 유린이라고밖에 표
현할 말이 없었다. 일정 거리를 두고 따라가면서 엘은 생각했다.

죽음이다.
죽음이 걸어가고 있다.

살육이, 도살이, 학살이.

형태를 가지고 지금 이곳에 있다.

인간이, 술사가, 마수가, 사역마가, 괴물이, 모두가 날갯짓에 닿는 것만으로 죽는다. 다양한 장식물로 꾸며져 있던 동굴 안은 하나같이 똑같은 붉은색으로 덧칠되었다.

엘은 지독한 한기를 느꼈다. 만약 동전의 위치를 맞히지 못했다면 자기도 저렇게 됐겠지. 오답을 고른 뒤에 살아남는다는 선택지는 없었다. 그러면서 한편으로 엘은 초조함에 사로잡혔다.

(……이브의 모습이 어디에도 보이지 않아.)

아직도 엘은 파트너를 찾아내지 못했다.

안쪽을 향해 깊숙이 쭉쭉 나아갔다. 저항하는 자는 전부 죽었다. 혼자서 도망친 자들은 아마 두 번 다시 여기로 돌아오지 않겠지. 어떤 의미론 그건 사건의 세부적인 부분을 밝히지 않고 대강 뭉개버리는 행위였다. 그러나 흡혈 공주는 봐주는 게 없었다. 엘은 이 학살을 멈출 방법이 없었다. 지금은 이런 식으로 강제적인 집행을 가해서 새로운 피해자가 생기는 걸 막는 게 유일한 선택이다. 엘은 눈을 떼지 않고 계속해서 이브를 찾았다. 저항이 있든 없든 무시하고서 노아는 전진했다.

그런데 비취색을 띤 동굴 속 호숫가에 닿았을 때 갑자기 발걸음이 멈췄다.

금속 성분을 머금은 물에선 비린내가 났다. 호수를 거울로 삼는 듯한 위치엔 문이 세워져 있었다. 『여왕』과 『성모』의 정교한 부조가 새겨진 문을 두드리면서 노아가 입을 열었다.

"여기까지."

"뭐?"

엘은 눈을 껌뻑였다.

후우, 하고 노아가 숨을 내쉬었다. 그리고 노래하듯이 말했다.

"안쪽에서 느껴지는 기척은 둘. 그리고 따분한 장기말들은 모두 이 방을 지키려고 움직였어. 도망친 자들은 누군가를 데려가지 않고 혼자서 기어나갔지. 그러니까 안에는 악마 소녀와 주범이 있을 거야…… 만약 없다면 알지? 악마 여자애는 이미 죽었다는 뜻."

무자비한 단언이었다. 가차 없는 말이었지만, 엘은 내심 그 말이 맞다고 생각했다.

이 흡혈 공주는 단신으로 적 세력을 괴멸시켰다. 이제 살아 있는 사람은 이 방 안에 있는 자 말곤 없다. 다시 말해 이 방 안에 없다면 이브는 이 세상 사람이 아니라는 뜻이다.

하지만 엘은 씩씩하게 대답했다.

"살아 있어. 나는 버디를 믿으니까."

"그래…… 그러면 잘 다녀와."

"주범은 대신 쓰러트려 주지 않는 거야?"

"천사의 몸이랑 영혼 정도론 여기까지야."

시원스럽게 말했다.

그러시겠지, 하고서 엘은 어깨를 으쓱했다. 엘도 진심으로 한 말은 아니었다.

노아는 엘의 무례함을 꾸짖지 않고, 대신 쿡쿡 웃었다. 그리고 즐거움이 담긴 목소리로 말을 이었다.

"그리고 말이지, 엘."

"뭐야?"

"공주님은 히어로가 맞이하러 가는 법이니까."

노아는 후훗, 하고 작게 웃음소리를 냈다. 미소와 함께 엘을 빤히 바라본다.

엘은 그 말에 한순간 멍해졌다. 하지만 금방 씩 웃으면서 화답했다.

그 비유는 나쁘지 않았다.

"바라던 바야!"

외침과 함께 엘이 양손을 문에 올렸다.
무거운 돌문을 힘껏 밀었다.

엘에겐 예감이 있었다.
모든 내막이 밝혀질지, 어둠에 묻힐지는 알 수 없었다.
하지만 어느 쪽이든 그 끝은 반드시 이 문 너머에 있다. 일련의 사건은, 깊은 어둠은, 이 너머로 이어져 있었다. 동시에 그건 함부로 엿봐서는 안 되는 무언가이기도 했다.

심연을 들여다봐선 안 된다.
그럼에도 엘은 망설임 없이 문을 열었다.

공주님의 히어로가 되기 위해서.
그녀의 버디를 되찾기 위해서.

"이브!"

크게 이름을 불렀다.
그리고, 방 안의 공간에.

밝은 불빛이 켜졌다.

제 9막 진실에 대해 이야기하자

"이브!"

다시 한번 엘이 외쳤다. 동시에 앞으로 달렸다.

문 너머에는 원형으로 된 거대한 홀이 펼쳐져 있었다. 홀의 벽은 반들반들할 정도로 매끄러운 느낌이었다. 그에 반해 바닥과 맞닿는 부분은 얼핏 봐선 알 수 없는 소재였다. 머리 위에서 달을 본떠 만든 조명이 홀 안을 밝게 비췄다. 조명에 비친 이브의 피부가 하얗게 빛을 내는 게 보였다.

하지만 상처 하나 없는 상태는 아니었다.

이브는 십자가에 매달려 있었다.

손바닥을 못에 꿰뚫린 채, 상처에서 붉은 피를 흘리고 있다. 다행히 아직 숨은 쉬는지 가슴이 위아래로 오르내리고 있다.

이브는 살아 있었다.

"살아 있어."

길게 안도의 한숨을 내쉬었다. 다치긴 했어도 최악의 사태는 면했다.

생존을 확인함과 동시에 눈만 움직여 주변을 살폈다. 노아가 얘기한——적들이 최대한 보호하려고 했던 자가—— 아마도 주범이 있을 터였다. 그때 눈치챘다. 홀 구석에 뜬금없이 서재에서나 볼 법한 책상이 놓여 있다. 아직 어린 나이로 보이는 소녀가 책상에 앉아 깃털 펜을 열심히 움직이고 있다.

누런 볏짚을 연상시키는 머리카락과, 커다란 눈망울을 가진 앳된 모습.

그 모습에 동요한 엘이 혼잣말처럼 말했다.

"어린애?"

"후우, 끝났다."

소녀가 깃털 펜을 탁, 내려놓고서 인간의 가죽으로 만든 인피지를 손에 들었다.

그러더니 만면에 미소를 지으며 고개를 끄떡거렸다. 자기 손으로 쓴 문장을 눈으로 따라 읽으며 신난 목소리로 말했다.

"만족스러운 유언장을 완성했습니다!"

"뭐, 뭐어?"

"자 그럼, 다음은 흡혈 공주가 여기까지 도달하기 전에『잡종』을 처리해야지…… 이렇게 보란 듯이 걸어두기까지 했는데 결국 천사는 오지 않았네…… 어? 으와아앗!"

소녀가 혼자서 중얼거리는 동안 엘은 그녀를 향해 다가갔다. 그제야 엘이 가까이 온 걸 깨달았는지 소녀가 소리를 질렀다. 놀람을 온몸으로 표현하는 것처럼 의자째로 뒤로 넘어진다. 행동거지 하나하나가 너무 과장되어서 한 편의 연극이라도 펼치는 모양새였다. 아야야야, 하고 짐짓 일부러 그러는 것처럼 소녀가 허리를 매만졌다.

"……뭐야, 벌써 와 있었군요…… 근데, 어라? 흡혈 공주는…… 없어? 어라? 어라어라어라어라라? 상황이 달라졌네요."

"네가 이브를 저렇게 만든 거야?"

기척도 없이 엘은 소녀의 이마에 총구를 겨눴다. 주범이 어린 애였다니 쉽게 믿기 힘들었다. 하지만 인간의 가죽으로 만든 인피지와 하는 말로 미루어 봤을 때, 이 꼬마가 사건의 중심인물임은 틀림없었다.

그렇다면 봐주는 건 없다.

엘은 총구를 그대로 상대의 이마에 딱 붙였다. 소녀는 커다란 눈만 깜빡거리다가 간신히 상황을 이해한 모양이다. 얼굴이 단번에 새파래졌다. 흉악한 총구 앞에서 소녀는 양손을 모으더니 엉엉 울면서 애원하기 시작했다.

"죄송해요, 죄송해요, 용서해 주세요!"

"사과로 용서받을 수 있는 행동이 있고, 아닌 행동이 있어."

엘은 즉각 대답했다. 그러면서 머릿속으로 계산하기 시작했다.

동굴 밖으로 도망친 잔당은 극히 소수겠지. 게다가 도망친 녀석들은 흡혈 공주가 두려워서라도 두 번 다시는 겉면으로 나오지 않을 거라고 예측할 수 있다. 그렇다면 정보를 캐낼 수 있는 존재는 귀하다. 배후를 캐낼 필요가 있다.

이 소녀는 살려둔 채 체포하는 게 맞다. 일련의 사건 속에 가려진 진상을 캐물어야 한다.

그게 더 좋은 방법이라고 생각하면서도 엘의 직감은 다른 말을 외치고 있었다.

죽여.

올바른 선택은 오직 그것뿐이다.

"미안하지만 기회를 놓치진 않아."

"엑, 마, 말도 안 돼………… 윽!"

엘은 탄환을 발사했다. 타앙, 하고 총알이 어린애의 이마에 박혔다. 귀엽게 생긴 얼굴이 큼지막하게 도려내졌다. 머리를 관통한 총알은 그대로 후두부를 파괴하고 튀어나왔다. 바르르 흔들리면서 작은 몸이 옆으로 풀썩 쓰러졌다. 끈적한 피가 바닥에 퍼져나간다. 소녀의 몸이 움찔움찔, 사후 경련을 일으켰다.

엘은 자세를 낮춰 맥을 짚어 보았다. 확실하게 죽었음을 마지막까지 확인한 후 고개를 저었다.

씁쓸한 기분을 되새기는 건 나중 일이다. 우선 이브를 구해야한다.

주범을 사살했다는 마음의 짐을 등에 짊어지고서 무릎을 펴고 일어나려 했을 때였다.

"자요."

"고마, 워?"

일으켜 주려는 손길에 반사적으로 그걸 붙잡은 엘은 순간 말을 잃었다.

눈앞에는 방금 자기 손으로 사살했던 어린애가 서 있었다.

엘은 급히 뒤로 훌쩍 물러났다. 본능적으로 조준을 마치고서 발포. 어린애의 심장을 정확하게 꿰뚫었다. 즉사했음을 확인하자마자 바로 눈을 뗐다. 시체가 어떻게 됐는지는 중요하지 않다. 문제는 이 기묘한 트릭의 정체다. 노려보듯 주변을 살폈다. 그러자 벽면 일부가 생물체처럼 꿈틀거리더니 꿀렁, 하고 점액질을 흘리면서 벌어졌다.

안에서 그 어린애가 나타났다. 목을 뚜둑뚜둑 풀면서 감탄했다는 듯이 외쳤다.

"이야아 똑똑하네. 첫 번째도 그랬지만 두 번째가 특히 그래요. 대단한걸요. 시체는 『의미가 없다』고 바로 판단을 내리셨죠. 빠른 판단력! 하지만."

"큭!"

이를 악물면서도 엘의 손가락은 이미 방아쇠를 당겼다. 그런데 쩌적, 하고 무언가가 얼어붙는 소리가 들렸다. 날아가던 탄환이 투명한 팔에 붙잡혀 공중에서 멈췄다.

그 광경을 싱글벙글 웃는 얼굴로 지켜보며 어린아이가 말을 이었다.

"이젠 안 맞아요. 저는 약하디약한 인간종이지만 그런 만큼 마술에 일가견이 있거든요…… 흡혈 공주를 상대론 예비로 만든 몸도 전멸당할지도 모른다고 각오하고 있었는데 당신이 상대라면 걱정 없겠죠…… 『기회』를 살리지 못해서 유감, 참 안 됐네요. 천사 씨."

"잘도 그딴 소릴."

"당신은 그렇게 말하지만 저는 정말로 미안하게 생각한답니다."

토라진 것처럼 소녀가 입술을 비죽였다. 불만스럽게 땅을 툭툭 발끝으로 찧는다.

그러는 사이에도 투명한 팔은 총알을 잡아채서 바닥에 던졌다. 소녀는 굴러다니는 탄환을 발로 가지고 놀며 말을 이었다.

"처음부터 천사 씨는 말려든 것뿐이었으니까요."

"응? 범인은 천사와 악마의 시체를 확보할 생각에 나랑 이브를 노린 게 아니었어? 주술의 재료 같은 걸로 사용할 목적으로."

"아아, 그렇게 생각하셨던 거군요. 아뇨, 그런 이유가 아니에요."

부정하는 말과 함께 소녀는 이브를 가볍게 손가락으로 가리켰다.

모멸감을 잔뜩 담은 어조로 소녀가 말했다.

"우리가 죽이고 싶었던 건 저 『잡종』입니다."

당신 따위야 어찌 되든 상관없었다고요.

* * *

"『잡종』? 대체 무슨 소릴."

"어라라, 모르고 계셨나요? 뭐, 이 녀석도 아무 자각이 없었던 모양이니까요. 그래도 이상한 점을 느끼셨을 텐데요?"

범인의 말에 머리 한구석을 차지한 안개가 말끔히 걷히는 느낌을 받았다. 혹은 불투명한 얼음이 깨지고 맑은 수면이 드러나기 시작한 느낌. 지금까지 느꼈던 갖가지 위화감과 의문점들이 차례차례 풀리기 시작했다.

눈에는 검게 타오르는 불꽃을 담고서 하얀 날개를 가진 신성과 사악을 동시에 품은 혼합 마수.

성 속성 주문에 화상을 입으면서도 짓무른 수준까진 가지 않았던 피부.

샬레이나 서장은 어째서 이브의 부모님을 캐물었는가.

자상한 성격이었다던 이브의 어머니는 어째서 이브에게 거짓말을 했는가. 『가벼운 옷차림을 선호하는 천사조차 어지간해선 고르지 않을 정도』로 노출이 심한 옷을 입힌 건 이브를 되도록 악마답게 보이게 하려는 의도가 아니었을까.

그 모든 요소가 한 가지 대답을 가리키고 있었다.

"그래요, 이 녀석은 천사와 악마의 혼혈! 존재 자체가 다섯 종족을 향한 모독입니다! 거기다 양친은 여왕을 섬기던 그 두 사람이라고 하죠! 언젠가 저 특이한 모양새가 여왕의 눈에 들지도 몰라요! 『그분』을 제쳐두고서! 그런 일은 용납 못 해…… 그래서 저는 도망치는 솜씨만큼은 뛰어난 이 녀석을 확실하게 죽이기 위해 계획을 짰답니다."

"잠깐만 기다려…… 여왕?"

또 여왕이다.

영문을 알 수 없어서 엘이 미간을 찌푸렸다.

여왕이라는 존재는 천사와 교회가 떠받드는 숭배의 대상이지만 실존하는 인물은 아닐 터였다. 어디까지나 가공의 상징이다. 그런데 범인과 술사들은 그 이름을 진짜 존재하는 인물처럼 언급했다.

대체 어떻게 된 걸까. 엘이 의문에 사로잡히기 직전에 범인이 손뼉을 쳤다.

"아아, 그러고 보니 당신은 세계의 진실을 모르고 계셨죠!"

어째서인지 범인은 표정을 밝게 빛냈다. 그건 좀 모자라지만 열심히 하는 제자를 발견한 듯한 표정이었다. 그녀는 마치 비밀 얘기라도 들려주는 것처럼 짐짓 목소리를 낮춰 얘기하기 시작했다.

"가르쳐 드릴게요."

이 세계는 모형 정원입니다.
단 한 사람의 여왕을 위한.

* * *

이곳은 모형 정원.
여왕은 한 사람.
이윽고 백성들은 깨닫는다.
천 년의 안식이 이어져 온 행복과 행운을.

한 여왕이 있었다. 그녀는 자신만의 모형 정원을 생성했고, 다섯 종족과 종족의 대표를 만들었다.

다섯 종족은 여왕에게 공물을 바치며 세계가 하나로 통일되길 간절히 바랐다.

천사의 하느님은 『질서』를. 악마의 마왕은 『혼돈』을. 흡혈귀의 시조는 『고독』을. 인간의 성모는 『평온』을. 수인의 낭왕은 『안정』을 바쳤다.

하지만 여왕은 어느 것도 받지 않았다.

그래서 세계는 하나로 정해지지 않았다.

그런 이유로 모형 정원 안의 종족들은 함께 살아가고 있다.

그러나 천 년마다 공물을 바치는 의식이 거행된다. 그때 여왕이 한 가지 공물을 선택하면 다른 종족은 멸망한다── 따라서 어떤 삶을 살아가든 결국은 이 모든 게,

소꿉놀이에 불과하다.

"이게 세계의 진실입니다."

눈앞에 들이미는 진실에 엘은 깨달았다.

이제야 술사들이 하던 말을 이해할 수 있었다.

두 명 다, 이 세계의 진실을 입에 담았던 거였다.

또한 샬레이나 서장의 수수께끼 같은 독백에 대해서도 수긍이 갔다.

어째서 서장은 『도망치는 날개 이브』에게 집착했는가. 그건 범인들과 똑같은 이유였겠지.

하지만 이브에겐 부모님에 관한 기억이 거의 없었다. 그래서

이브를 이용해 봤자 여왕과 접촉할 기회는 없을 거라 판단, 엘과 맺은 버디를 해산시켰다── 범인들한테 살해당하더라도 딱히 상관없다고 방치한 거였다.

샬레이나 서장은 아마 세계의 진실을 알고 있었겠지.

『여왕의 영광은 오직 우리 곁에만 함께한다.』

『'그쪽' 관련이었나. 하지만 어디지.』

샬레이나의 말은 다섯 종족의 진정한 관계를 알기 때문에 한 말이었다. 서장이 범인과 똑같은 말을 입에 담은 건, 이 진실을 아는 자라면 누구나가 여왕의 영광이 자신들의 종족에 내려오기를 바라기 때문이겠지.

하지만, 엘의 눈이 가늘어졌다.

그래서, **어쩌라고**.

"그게 세계의 진실이라고 쳐도 그래서 달라지는 게 뭔데? 천년만의 공물을 바치는 의식에서 무언가가 선택될 때까지 우리는 그저 일상을 살아가는 것 말곤 더 할 게 없어. 그렇지 않다는 거야?"

"참 둔감한 천사네요, 당신! 이해하지 못하겠어요? 정말 어쩔 수 없군요!"

카악, 하고 범인이 가래침을 뱉었다. 우둔한 돼지를 눈앞에 둔 것처럼 대놓고 모멸감을 드러낸다 싶더니, 이어서 즐거운 기색으로 눈을 빛낸다. 범인은 어린아이답게 통통 튀는 목소리로 엘을 향해 말했다.

"한번 생각해 보세요! 선택되기만 하면 지금까지 인간이란 종족이 맛봤던 쓰라림도, 굴욕도, 고통도, 모든 게 깔끔하게 뒤집히는 거라고요! 그걸 위해 할 수 있는 일들, 해야 할 일들이 잔뜩 있어요…… 다음 천 년은 이제 코앞입니다. 그리고 우리 인간은 『성모』를 뛰어넘는, 인간의 대표에 어울리는 인물을 손에 넣었죠!"

"그게 제인 도인가."

씁쓸하게 중얼거렸다. 범인이 언급한 『그분』이란 제인 도였다.

또한 제인 도와 릴리스가 했던 말들은――교회 세력은 이번 사건이 드러나길 바라지 않는다. 제인 도의 입장이 위태로워질지도 모른다는 둥―― 이걸 가리킨 거겠지. 눈앞의 소녀는 누가 봐도 확실한 제인 도의 광신도였다.

"그녀의 공물이라면 필시 여왕이 받아들이겠죠! 하지만 길이란 본래 완벽하게 닦아야 하는 법입니다. 그걸 위해 우리는 잡종을 죽이려 했고, 시조를 노렸습니다…… 뭐, 아무리 그래도 시조는 너무 나가긴 했죠. 그래도 버림패야 얼마든지 있으니까요."

범인은 죽은 술사들을 비웃었다.

동시에 엘은 이해했다. 절절할 정도로 엘은 그 마음이 이해가 갔다.

이해하고 말았다.

너덜너덜해진 루나의 모습, 관심 없이 방치되는 사건, 천사경찰의 일그러진 웃음이 머릿속에 재생되었다.

수인의 취급이 가혹한 것, 천사의 오만함, 악마의 잔인함, 흡혈귀가 과거에 벌인 사건. 그 모든 사례를 통하여 엘 역시 알고는 있었다. 그러니 당사자들은 더욱 확고한 생각을 품고 있겠지.

술사가 죽든.
자신이 죽든.
타인이 죽든.
인간을 죽이든.

전부 다 **고귀한 희생이라 할 수 있다.**
왜냐하면 **인간이란 종족을 위한 일이니까.**

"어떤 의미론 너희들도 피해자고, 누군가의 영웅인가."
"아니야! 영웅은 제인 도 님이다! 그녀가 우리를 구원해 주실 거야!"
침까지 튀기며 범인이 황홀한 표정으로 떠들었다.
엘은 그 모습을 슬프게 받아들였다. 소녀는 자기도 깨닫지 못하는 사이에 점차 망가지고 있었다. 모든 건 연약한 인간을 위한 일이었을 텐데. 그런데도 자신들과 똑같은 사람을 희생시키고, 불확실한 미래를 마치 확실한 것처럼 맹목적으로 믿고 있으니까.
결국 선택하는 건 소녀가 아니다. 그러니 아무리 많은 제물을 쌓든, 확실한 건 없다.

저걸 가엽다고 하지 않으면 뭐라 해야 할까.

엘이 느끼는 동정심을 깨닫는 일 없이 범인은 희희낙락 말을 이었다.

"그리고 당신은 제인 도 님의 신뢰를 얻었으니 자격이 있습니다. 물론『잡종』을 살려둘 순 없습니다. 존재 자체가 종족의 모독이니까요. 하지만 당신은 저와 함께 오셔도 됩니다. 다른 종족이 전멸하는 모습을 함께 지켜볼 수 있도록 제인 도 님이 준비를……."

"닥쳐, 꼬맹이."

단두대의 칼날을 떨어트리는 것처럼 날카롭게 말을 잘랐다.

훅, 하고 범인의 얼굴에서 표정이 사라졌다.

그 얼굴을 보며 엘은 아무래도 좋다고 느꼈다. 여왕도, 세계의 진실도.

종족의 비원은 이해했다. 최하층에 있는 인간의 슬픔은 굉장히 깊다.

모든 참극은 지금까지 켜켜이 쌓여 온 온갖 비극을 토대로 하고 있었다. 예를 들어 옛날에 벌어진 악마의 포학. 흡혈귀가 벌인 포식. 천사 경찰이 행한 무시. 수인들의 조롱, 등등.

그렇다 해도 결코 잊어선 안 된다.

"용서받을 수 있는 행동이 있고, 아닌 행동이 있어."

인간을 죽이고,

짓밟으면서,

정의를 외치는 짓.

그게 악이 아니면 뭐란 말인가.

"나는 엘리트 천사 경찰, 엘이야. 이번 사건의 막을 내리겠어."

참극은, 비극은 누군가가 매듭지어야 한다.
그러기 위해 질서가 있고, 그러기 위해 정의가 있다.

그리고 한 가지 더 중요한 것.
"내 버디를 돌려줘."

이브는 『잡종』이 아니다.
그녀는 이브다.
엘에게 유일하고도 소중한 버디다.
그걸 업신여기는데, 벌레처럼 죽이겠다고 하는데 참을 수 있겠냐.

"세계의 진실이 어떻든 간에, 나는 해야 할 일을 할 거야."
모든 걸 마무리 짓고, 소중한 사람을 구해내기 위해 이 자리에 서 있다.

범인의 입이 오리처럼 댓 발 튀어나왔다. 어린 소녀답게 감정 변화가 격렬한 모양이다.
소녀는 짜증스럽게 바닥에 떨어진 총알을 툭툭 가지고 놀다가 팍 걷어차더니 손가락을 튕겼다.

"그렇다면야 좋아. 이제 당신이 내키는 대로 하면 돼."

이브의 양손에 박힌 못이 빠졌다. 못이 바닥에 떨어지면서 땡그랑, 소리를 냈다. 못이 박혀 있던 상처에서 피가 주르륵 흘러내린다. 팔이 힘없이 축 늘어졌지만, 몸은 바닥에 쓰러지지 않고 그 상태 그대로 가만히 서 있었다.

그리고 이브가 고개를 들었다.

"마음껏 서로 죽이도록 해."

옅은 보라색 눈동자 속에,

짙은 살의의 불꽃이 타올랐다.

"……이브."

조용히 이름을 부르면서 엘이 자세를 잡았다.

이브는 천천히 엘 앞으로 다가와 우뚝 섰다. 명백하게 정상이 아닌 상태다. 조종당하는 게 분명했다.

빛의 총을 고쳐 쥐면서도 엘은 방아쇠를 당기길 망설였다. 그도 그럴 게 상대는 이브다. 다치게 하고 싶은 마음은 조금도 없었다. 게다가 현재 이브에겐 아무런 전투력도 없다. 소환 능력을 쓰기 위해선 반드시 술사의 의지가 필요하니까. 지금 상태론 아무것도 불러낼 수 없겠지. 그렇다면야 위협이 되지 않는다.

이브한테 주의를 돌리기보단 범인을 꼼짝 못 하게 만들어서 세뇌를 풀어야 한다.

엘은 그렇게 판단을 내렸다. 그런데 범인이 바로 입을 열었다.

"어설프네…… 천사 씨도 소중한 상대 앞에선 판단력이 흐려지네요."

"멋대로 지껄여. 반드시 너를."

"한번 보면 알 거예요. 『잡종』의 진정한 무서움을요. 우리들을 학대해 온 고등 종족, 천사의 일원인 당신에게 보여드리도록 하죠. 우스꽝스러운 연극 같은 우정보다도 무서운 게 있다는 사실을 깨닫고서── 둘 중 하나는 여기서 죽으세요."

소녀는 앳된 얼굴로 차갑게 조소했다.

그 말이 떨어지자 이브가 울음을 터트렸다. 소리도 없이 눈물을 뚝뚝 흘렸다. 이브답지는 않지만── 신비한 자수정 눈동자에는 어울리는 신성한 울음이었다. 그에 맞춰 날개가 꿈틀거리기 시작했다.

엘이 공포에 헉, 하고 숨을 삼켰다.

갑자기 밤이 찾아온 것처럼 검은 어둠이 퍼졌다.

어둠은 걸쭉하게 공간을 덧칠하고, 달을 본뜬 조명을 차단했다. 이어서 이브의 등에서 푸욱, 하고 피가 뿜어져 나왔다. 썩은 피처럼 덩어리진 핏덩어리가 울컥울컥 뿜어져 나와 양쪽 발 아래로 퍼져나갔다.

이상 사태를 눈앞에 두고서 엘이 외쳤다. 필사적으로 손을 뻗으려고 했다.

"이브!"

하지만 다가갈 수 없었다.

이브의 등에선 또 한 쌍의 새하얀 날개가 자라났다. 순백의 날개는 피에 푹 적셔진 상태로도 빛을 발했다. 흑과 백, 박쥐의 피막과 새의 날개깃. 신성과 사악. 그 두 가지 속성이 이브의 몸을 극한까지 침식해 들어가면서 넓게 퍼졌다. 두 가지가 작게 떨리며 맥동하고 있다.

압도적인 위압감, 가슴이 떨릴 듯한 신성함, 그리고 불길함에 엘은 눈길을 빼앗겼다.

그 모습은 아름답고,

그 모습은 사악하고,

그 모습은 신성하고,

몹시도 모독적이었다.

엘은 깨달았다. 확실히 이런 건 존재해선 안 된다.

또한 절대로 여왕이 이 존재를 알아서는 안 된다. 여왕이 이 개체를 알게 되면 다섯 종족은 위협받을 게 분명하다. 이 새로운 생물은 가장 선택될 가능성이 높은 존재였다.

이건 새로운 생물이다. (그렇다면 존재해선 안 된다). 이건 지금까지 존재하지 않았던 형태다. (그렇다면 다섯 종족을 위협한다). 이건 다섯 종족은 다다를 수 없는 하나의 도착점이다.

(그렇다면 죽여라!).

천사로서의 본능이 외치고 있었다.

죽여, 죽여, 죽여. 살려두지 마!

그 어마어마한 충동에는 거스를 수가 없다. 권총을 움켜쥐고서 엘이 신음했다.

동시에 의식이 없는 채로 이브가 행동에 나섰다. 이브는 백색과 흑색의 빛의 실을 엮기 시작했다. 어머니로서 이브는 소환이 아니라 압도적인 무언가를 만들어 내려는 중이었다.

엘은 자연스럽게 깨달았다. 저게 완성되면 모든 게 끝이다.

모두가, 모두가 죽는다.

다섯 종족은 살해당한다.

그러니까 죽여. 죽여!

그게 모두를, 천사를 위한 일이야!

"……하지만 그건 나를 위한 게 아니야."

엘이 읊조렸다. 그런데도 천사로서 느끼는 살의는 엘의 의식을 착실하게 좀먹고 있었다. 동시에 깨닫는다. 조종당하며 힘을 끌어낸 탓일까, 지금 이브는 무방비한 상태였다. 공격에만 온 의식을 쏟고 있어서 방어는 몹시 허술해졌다. 그렇다면 총알 한 발로 죽일 수 있겠지.

그게 정답이다. 천사는 질서를 중요하게 여긴다. 이 혼돈을 살려둬선 안 된다. 이걸 살려두는 건 곧 천사에게 위해를 끼치는 행위다. 지금이야말로 정의란 무엇인지를 마음에 새겨야 한다.

죽일 수밖에 없어. 죽이는 거야.

죽여!

"틀렸어…… 이젠 저항할 수 없어."

엘이 권총을 들어 올렸다. 본능이 말한다. 이게 옳다고. 이게 모두를 위한, 다섯 종족을 위한, 세계를 위한, 모형 정원을 위한 행동이라고. 천 년을 이어 온 안정과 안식을 위해서다. 그게 지속되는 행운을 바란다면 쏠 수밖에 없어. 잘 생각해. 지금 네가 쏘는 탄환은 네 목숨보다도 무거워.

그렇지만, 그건 저 악마의,

자그마한 한마디 말보다,

진짜로, 정말로 무거울까.

──저도 엘 씨랑 함께 있고 싶어요.

그 악마의 신뢰를,
배신할 만한 가치가 있는 진실 따위,
세상 어디에 있다는 거야?

"처음에 내가, 말했어…… 버디는 신뢰가 중요하다……."
이브는 그 신뢰에 부응해 주었다. 같은 말을 되돌려주었다.
혼자서 싸우던 나날 속에서, 그게 얼마만큼이나 기쁜 일이었
는지.
엘은 이를 악물었다. 어찌나 세게 물었는지 어금니가 깨지고
피가 흘러나온다. 입에 고이는 피를 목구멍으로 삼키며 말을 이
었다.
"하지만 이대로라면 너를 죽이고 말 거야…… 그건 좀…… 아
무리 그래도 못해…… 그러니까. 너는 화를 내겠지만…… 나는
이렇게 할게."
순간 엘은 총구의 방향을 바꿨다. 총구를 자기 이마에 가져다
댔다. 범인이 뭐라고 외친다. 왜 그렇게까지 하냐는 소린가 보다.
엘은 알까 보냐! 싶었다.
그만둬, 『잡종』을 죽여, 본능이 시끄럽게 소리쳤다. 알까 보냐!
죽이는 게 모두를 위한 길이다. 알까 보냐!

모형 정원이.

알까 보냐!

하나부터 열까지, 전부 내 알 바 아냐!

그저 확실한 건 한 가지뿐.

"나는 이브가 정말 좋아!"

그래서 엘은.
방아쇠를 당겼다.

　　　　　　　＊ ＊ ＊

　꿈을 꾸었다.

　하얗고, 애매모호하고, 아름다운 꿈을.

　눈앞에는 예쁜 사람이 서 있었다. 그녀는 인간도, 수인도, 악
마도, 흡혈귀도, 천사도 아니었다. 더욱 고귀하고, 전능하고, 상
식을 넘어선 생물이다. 드디어 엘은 알 수 있었다.

　그녀가 바로 여왕 폐하다.
　이 모형 정원의 주인이었다.

　어째서 그런 사람이 자기 앞에 서 있는지는 모르겠다. 하지만
이유는 아무래도 좋았다.
　이젠 다 끝이다. 이걸로 모두 끝난 거다. 머리에 총을 맞고서
엘은 죽었다.

　혼자서, 고독하게.
　그게 슬펐다.

　왜냐하면 혼자인 건.

무척이나 외로우니까.

그때 아름다운 사람이 속삭였다. 지금까지와는 다르게 처음으로 그녀는 자애와 상냥함을 담은 목소리를 냈다.

　　　　────있잖아, 당신은 무엇을 소망해?
　　　　────있잖아, 당신은 무엇을 소원해?

소망은 있다.
소원도 있다.

꿈이 있다.

사실은,

"나는 누군가와 함께 살아가고 싶었어."

천사 경찰 안에서 고고함을 관철하면서도, 혼자서 싸우면서도, 그게 엘의 진정한 꿈이었다. 그저 단 한 가지, 정말 조그맣고, 진심으로 어처구니없다고 할 만한, 외로운 어린애의 꿈이었다.

그렇지만 그건 이미 이룰 수 없는 꿈이다.
그런 꿈조차 이루어지지 않았다.

그랬을 텐데, 여왕은 웃었다.

─── 그건 값진 소망이야.
─── 똑똑히 들었어.

순간, 엘의 눈앞에 막대한 무언가가 터져 나왔다. 여왕. 모형
정원. 안식. 안정. 백성. 다섯 종족. 인간. 수인. 천사. 악마. 흡혈
귀. 공물. 다섯 가지 공물. 누군가. 하늘의 옥좌. 피에 젖은 관.

전류가 달리는 것처럼 불현듯이 깨달았다. **아니었다**는 것을.
천 년마다 반복되어 온 공물의 의식. 세계의 진실은 그것뿐만이
아니다. 더욱 무시무시하고, 일그러진 사실이 숨어있다. 엘의
세계가 변해 버려서, 두 번 다시는 원래대로 돌아올 수 없을 만
한 사실. 하지만 물어볼 수가 없었다.

말은 이미 잃어버렸다.
여왕은 그저 미소 지을 뿐.

그리고.

─── 돌아가도록 해. 너에겐 권리가 있어.
─── 더 이상 울든, 웃든 끝나지 않아.

뭐가 끝나지 않는다는 건지 물어볼 수 없었다.

눈앞이 점점 밝아진다. 꿈은 막을 내렸다.

그리고 정신을 차려 보니 엘은 우두커니 서 있었다.

장소는 조금 전의 원형 홀 안이다.

권총은 총구에서 희미하게 연기를 피워 올렸다. 엘은 확실히 방아쇠를 당겼다.

그런데 그걸 빗나가게 만든 사람이 있었다. 누군가가 총신을 붙잡아 사선을 틀었다. 엘은 자신을 끌어안고 있는 사람을 보았다. 아직 의식이 돌아오지 않았는지 여전히 흐리멍덩한 눈빛이 었다.

그런데도 눈물을 줄줄 흘리고 있었다. 필사적으로, 하염없이 눈물을 흘렸다.

죽지 말아 줘. 그녀의 입술이 움직였다. 죽지 말아 주세요. 제발 부탁이니까.

당신을 정말 좋아하니까, 부디, 제발, 나를 위해서, 죽지 말아 줘.

혼자 남겨두지 말아 줘.

말도 안 돼, 범인이 중얼거렸다. 그걸 무시하고서 엘은 이브를 부드럽게 품에 안았다.

그리고 속삭였다.
"잡았다, 이브."

예전에 이브가 한 말이 맞았다.
혼자보다는, 둘이 있는 게 따뜻했다.

* * *

"말도 안 돼, 말도 안 돼, 이런 바보 같은! 어째서 자기 의지로 움직일 수 있는 거지? 어째서? 이런 건 이상해. 계산 밖이야. 흡혈 공주보다 더 계산 밖의 사태야! 어째서 너는 그걸 죽이지 않는 거야?!"

"바보는 너겠지. 아무리 열을 받았다고는 해도, 내 손으로 이브를 죽이게 만들려고 할 줄은 몰랐네…… 내가 절망하는 꼴을 보려고 한 거겠지만, 나랑 이브를 얕보지 말아 줄래?"

하얀 머리카락을 찰랑이면서 엘이 뒤로 돌았다. 무슨 일이 일어난 건지는 이해 못 했지만 천사의 본능이 속삭이던 강력한 살의는 말끔히 지워진 상태였다. 이브도 공격하려던 자세를 풀었다. 어미 새라도 되는 것처럼 흑과 백의 날개로 엘을 감싸안고 있었다.

상냥하게 어루만지는 날개의 감촉을 느끼며 엘이 말했다.

"우리는 전례가 없는 천사와 악마의 버디…… 아무리 이브가 혼혈이라도 그 점은 변하지 않아."

조금씩 정신을 차리고 있는지 이브의 눈동자에 눈빛이 돌아왔다. 몇 번 정도 눈을 깜빡이더니 엘을 보았다. 그리고 방긋 웃음을 지었다. 엘이 이브의 손을 쥐자, 이브도 힘주어 맞잡았다.

두 사람은 손을 놓지 않았다.

엘이 범인을 향해 당당하게 선언했다.

"최강이자, 최고의 버디야."

"인정 못 해!"

피를 토하는 것처럼 범인이 외쳤다. 눈앞에 닥친 불합리한 현실을 거부하려는 듯이 투명한 팔을 소환했다. 대기를 뒤흔드는 기세로 팔을 휘둘렀지만, 그 흉악한 일격은 이브의 네 장의 날개에 막히고 말았다. 두 사람의 격돌을 뛰어넘어 엘은 앞으로 달렸다.

손을 뻗어서 범인을 밀쳐 넘어트리고, 그 이마에 총구를 들이밀었다.

눈앞에 총구가 있는데도 범인은 큰 소리로 웃었다.

"하하, 그게 무서울 리 없잖아요! 저를 죽여봤자 예비용 몸이."

"이브! 벽이야!"

엘은 주변을 손가락으로 가리켰다. 홀의 벽은 바닥과 맞닿은 부분만 알 수 없는 소재로 만들어져 있다. 아마 그 안쪽에 범인의 예비용 몸이 숨겨져 있겠지.

미리 말이라도 맞춘 것처럼 이브는 빠르게 두 장의 날개를 움직였다.

역시 이브라며, 엘이 웃었다. 버디는 훌륭하게 기대에 부응해 주었다.

콰과과광, 하고 벽을 후려치면서 벽 안에 있는 것들을 파괴하기 시작했다. 충격으로 불안하게 흔들리면서도 천장은 아슬아슬하게 버텨냈다. 절단된 벽면 사이에서 끈적한 붉은 액체가 새어 나왔다. 범인의 예비 육체는 전부 뭉개졌을 것이다. 이제야 상황을 받아들인 걸까, 범인의 얼굴에 오랫동안 잊고 있었을 게 분명한 감정이 나타나기 시작했다.

죽음에 대한 공포. 상실에 대한 두려움. 삶에 대한 집착이었다.

범인은 이젠 연기가 아닌 진심으로 어린애처럼 울부짖었다.

"죄송해요, 죄송해요, 용서해 주세요!"

"사과로 용서받을 수 있는 행동이 있고, 아닌 행동이 있어."

어린 소녀의 이마에 총구를 딱 붙였다.

그리고 방아쇠를 당겼다.

철컥, 공허한 소리가 울린다.

총알은 나가지 않았다.

엘은 메롱, 하고 혀를 내밀었다. 어깨를 으쓱하고선,

"뭐, 용서할 수 없다는 건 진심이지만 더 이상 너는 위협이 안 돼…… 자살할 생각도 없는 모양이고, 사건을 해결하려면 정보가 필요하지. 필요한 만큼 정보를 불어줘야겠어."

"으…… 아으……."

"자기가 저지른 죄를 제대로 뉘우치도록."

천사 경찰로서 꾸짖듯이 말했다. 범인은 힘없이 고개를 떨궜다. 휴우, 한숨을 쉬면서 엘은 이제야 고개를 끄덕일 수 있었다. 잔혹하고 뒤틀렸던 이번 사건은 이걸로 끝난 모양이다. 그런데 그때였다.

"우와아아아아아아아아아아아앙, 엘 씨이이이이이이이."

"진짜— 너는 좀—! 분위기 파악을—."

옆에서 이브가 쿵, 소리가 나도록 와락 안겨들었다. 아무래도 의식이 완전히 돌아왔나 보다.

그야말로 빈틈이 없을 정도로 이브는 엘한테 찰싹 몸을 밀착시켰다. 그리고 엉엉 울며 호소했다.

"저 처음부터 끝까지, 내내 무서웠어요오오오오오."

"응. 나도 무서웠어."

"엘 씨는 저 같은 애를 위해서 죽으려고 하시고오오오오오오."

"역시 너는 그런 상황에서도 나를 걱정해 줬었구나."

"죄송해요오오오오오오오오오오."

"사과 안 해도 돼. 기뻤으니까."

"저도 엘 씨 곁으로 돌아올 수 있어서 기뻐요오오오오오오."

이브는 빽빽 울었다. 자수정 눈동자에서 느껴지던 신비로운 아름다움은 온데간데없었다. 조금 전 조용히 눈물을 흘리던 때와는 천지 차이다. 역시 이브는 이래야지, 하는 생각이 들었다.

겁쟁이에, 울보에, 기본적으로 바보고, 엘이 좋아하게 된 악마다.

그런데 세뇌를 통한 조력이 사라진 탓이겠지, 이브의 등에 돋아나 있던 피에 젖은 순백의 날개가 툭, 떨어졌다. 악마의 날개도 눈에 익은 크기로 조금씩 작아져 간다.

이건 좀 위험한데, 싶었다. 범인을 완벽하게 제압하기가 힘들어졌다.

범인도 눈치 빠르게 그걸 깨달은 모양이었다. 반쯤 구르듯 냅다 도망치기 시작했다.

"앗, 잠깐! 거기 서!"

"누가 서겠냐!"

투명한 팔을 마구잡이로 휘두르면서 범인은 도망쳤다. 엘은 눈에 보이지 않는 타격을 아슬아슬하게 피했다. 옆에 있던 이브의 팔을 붙잡고서 이어지는 공격을 재차 피하고자 몸을 비틀었다. 도망치는 범인을 쫓을 겨를이 없었다.

그러는 동안 범인은 이미 입구에 도착해서 문을 열던 중——우뚝 멈췄다.

그곳에는 온통 하얀 사람이 서 있었다.

"…………제인 도, 님?"

제인 도의 뒤에는 릴리스가 서 있었다. 릴리스만 있는 게 아니다. 교회 세력과 천사 경찰 소속 사람들도 데리고 왔다. 그중에는 샬레이나 서장의 모습도 보였다. 엘을 붙잡으러 온 건 아닌 모양이다. 대체 무슨 일이 벌어지는 건가, 엘의 눈이 휘둥그레졌다. 범인은 제인 도에게 애원하기 시작했다.

"아아, 제인 도 님…… 와 주셨군요…… 부디 자비를! 도움을! 여왕의 영광은 오직 당신 곁에만 존재합니다!"

범인의 눈에 다른 사람은 보이지 않는 모양이다.

그녀는 소리 높여 외쳤다. 손을 모으고서 제인 도에게 기도했다.

"우리, 인간을 구원해 주소서."

"아무도."

"네?"

"구원하지 않아."

"……어?"

릴리스는 제인 도의 말을 번역해 주지 않았다. 제인 도는 천 너머로 범인을 물끄러미 바라보았다.

그리고선 몸을 기울여 범인의 귓가에 무언가를 속삭였다.

순간 어린아이의 눈에 분명한 절망의 빛이 깃들었다. 멍하니 중얼거린다.

"그럴…… 그럴 수가."

"이게 ■■."

"그렇다면 나는…… 우리는."

무의미했다.

그 말을 마지막으로 범인은 자기 자신에게 투명한 손을 내리쳤다.

엘은 짧게 숨을 삼켰다. 그토록 죽음을 두려워했으면서, 어린아이의 몸은 퍼억, 퍼억, 퍼억 세로로 찌부러졌다. 범인은 스스로가 납작하게 찌부러질 때까지 완고하게 마술을 풀지 않았다. 피부 사이로 뼈가 비집어 나오고, 반쯤 찢어진 고깃덩이처럼 변한 끔찍한 모습으로 내장이 튀어나왔다. 펄떡이는 심장이 바닥에 떨어진다.

이제 그 자리엔『인간이었던 것』만이 남았다.

엉망진창으로 변한 시체 앞에서 제인 도는 손을 모았다.
그리고 그녀는 이제 와서라는 생각이 드는 말을 읊조렸다.

"구원 있으라."

범인은 죽었다. 하지만 범인은 제인 도를 향한 일그러진 신앙에 관련된 증거를 일절 남기지 않았다. 그것 또한 그녀 나름의 사랑이었겠지. 그래서 제인 도의 입장이 위태로워지기는커녕, 오히려 교회 세력을 설득하고 천사 경찰에게 『인간 내부 위험 분자에 대한 정보가 있다』고 신고한 공적을 인정받아 더욱 지위가 향상됐다.

자기들 손으로 범인을 처리한 만큼 처벌은 면할 수 있었지만, 다른 종족에게 손을 댄 죄로 인간의 평가 자체는 떨어졌다. 그러면서도 교회 세력 일부만큼은 위신을 높이는 데 성공한 모양새가 되었다.

그 사실에 엘은 위화감을 느꼈다.

제인 도는 마지막에 범인에게 무슨 말을 속삭였을까. 그걸 확인할 기회는 없었다. 제인 도는 이제 매우 귀한 신분을 가진 중요 인물이 되었다. 쉽게 만날 수 없었다.

게다가 그녀 덕분에 엘의 복직이 정해진 것도 이유였다.

* * *

"제인 도의 증언을 통해 자네의 탈주는 범인을 막기 위해 어쩔 수 없었던 행동임이 증명되었다. 그러니 복직뿐 아니라……
포상을 주라고 여기저기서 재촉해대고 있어."

밤의 서장실에서.

샬레이나는 피곤이 묻어 나오는 말투로 말했다.

그냥 방치할 수 없을 정도로 강한 압박을 받은 모양이다.

뭔가 바라는 게 있느냐는 물음에 엘은 망설이지 않고 대답했
다. 그것만큼은 불가능하다며 쓰디쓴 벌레라도 씹은 표정으로 고
개를 젓는 샬레이나 서장이었지만, 엘은 매끄럽게 말을 이었다.

"외람된 말씀이지만, 서장님. 천사가 악마에게 감정적 교류를
갖는 걸 막겠다는 생각, 이젠 아무 의미가 없습니다."

"뭐?"

"저는 이브의 버디입니다. 허가를 내리지 않더라도 그녀 곁으
로 가겠습니다. 그러니 그냥 허락하시는 편이 차라리 나을 거라
고 생각합니다만…… 어떻게 하시겠습니까?"

당당하게 선언했다. 샬레이나는 몇 번이고 고개를 절레절레
저었다.

하지만 결국엔 처음부터 둘이 짝을 맺도록 명령했던 자기가
실수했음을 인정하고서 승낙했다.

"내가 졌다. 자네의 선택을 인정하지."

"정말 감사합니다…… 이만 실례하겠습니다."

경례를 올리고 엘은 서장실을 나왔다. 문이 닫힌 걸 확인하자
마자 한쪽 팔을 번쩍 들어 올렸다.

그랬을 때 밝은 다갈색의 부드러운 머리카락이 눈에 들어왔다.

꼬리를 살랑이면서 루나가 웃고 있었다. 그 몸에는 이제 상처 하나 보이지 않는다. 루나가 엘을 향해 엄지손가락을 척, 세웠다.

"얘기 다 들었다고요, 해내셨네요!"

"내 말이!"

"어서 가보세요. ……앗, 그전에 전할 말이 있습니다. 흡혈 공주한테서예요."

가슴 안쪽 주머니에서 루나가 메모를 꺼냈다.

고급스러운 양피지를 펼치고선 노래하듯이 읽었다.

"어디 보자―『이번 일은 축하해. 노아는 눈치가 있으니까, 당분간은 축하 삼아 자유롭게 놔줄게. 하지만 빚은 빚이야. 반드시 잘 써먹어 줄 테니까 마음의 준비를 하고 있도록 해』."

"바라던 바야! 배로 갚아주지!"

"아마 더 갚기 힘들어질 테니까, 그 말은 노아 씨 앞에선 하면 안 돼요."

어이없다는 듯이 루나가 웃었다. 엘은 그녀와 손을 짝, 맞부딪혔다. 어서 가보라며 눈짓하는 루나에게 엘이 크게 고개를 끄덕여 화답했다. 그리고 손바닥을 흔들며 달려갔다.

조금씩 엘이 속도를 높였다.

자신의 버디가 있는 곳으로.

* * *

밝은 밤이었다.

휘영청 밝은 달이 하얗게 빛나고 있다.

달이란 마(魔)의 상징이다.

그래서 이런 만월의 밤에는 악마가 날뛴다.

그 말을 뒷받침하는 것처럼 바로 지금, 살짝 꾀죄죄한 몰골을 한 여자애가 맨발을 드러낸 채로 달리고 있다. 그리고 소녀의 뒤를 검은 그림자가 쫓고 있었다.

온갖 짐승의 얼굴을 가진 끔찍한 괴물이 소녀의 등을 향해 다가갔다.

그때였다.

확, 하고 청명한 빛이 검은 짐승 위로 쏟아진다. 괴물은 사라지고 그 자리엔 가녀린 소녀만이 남았다.

"햐으으윽!"

"요 녀석, 이브!"

높은 톤을 가진 목소리가 울려 퍼졌다.

새로운 누군가의 등장이다.

이제부터 시작될 다툼의 기척을 예민하게 알아챈 거겠지. 슬럼가에서 키워온 직감을 발휘한 인간 소녀는 재빠르게 꽁무니를 빼고 도망쳤다. 멀어져 가는 뒷모습을 향해 이브는 애처롭게 목소리를 냈다.

"앗…… 오늘의 식사가."

"아무리 배가 고파도 그렇지 뭘 하는 거야! 겨우 허가를 따내고 왔더니!"

"죄송해요, 엘 씨. 더는 폐를 끼칠 수 없다는 생각에…… 그런데 허가요?"

이브는 자신을 비추는 빛을 향해 쭈뼛쭈뼛 시선을 돌렸다. 두 개의 구체 사이에 한 명의 소녀가 서 있었다. 소녀의 모습을 보고서, 처음 그녀를 만났을 때처럼 이브는 자기도 모르게 중얼거리듯 말을 흘렸다.

"…………역시 예뻐."

"고마워. 아무튼 좋은 소식이야. 너와 나의 버디가 정식으로 승인됐어."

"정말로요?!"

폴짝 뛰어오르며 이브가 날개를 파닥거렸다.

엘은 고개를 끄덕였다. 그리고 앞으로의 결의를 다지듯 말을 이었다.

"아직 풀리지 않는 점들이 많아. 제인 도가 속삭인 말도 여전히 수수께끼고…… 게다가 분명 가까운 미래에 일상을 단숨에 바꿔버릴 만한 커다란 무언가가 일어날 거야."

"역시나 그렇군요?"

"그래! 그렇다면 세상에는 우리가 필요해! 너와 나, 다섯 종족에 얽매이지 않는 천사와 악마의 이색적인 버디가!"

자신들 말고는 대신할 사람이 없는, 대체 불가능한 이인조로서 움직일 생각이었다.

이제부터 종족 간의 관계는 달라질 게 틀림없다. 그러니 그 틀에 얽매이지 않는 사람이 최선을 다해야 한다. 예를 들면 엘과 이브. 정반대이자, 서로 다른 존재인 이인조가.

그게 엘이 찾아낸, 천사 경찰로서 품은 새로운 정의였다.

이브는 분명 자신과 함께해 줄 것이다. 그걸 알면서도 엘은 물었다.

"어때? 너는 싫어?"

"싫을 리가 없잖아요! 정말 기뻐요!"

큰 목소리로 대답하면서 날개를 파닥파닥 움직였다.

이브가 양손을 움켜쥐더니 힘주어 외쳤다.

"저도 세상을 위해서 함께 진실을 좇겠어요! 게다가 엘 씨를 정말 좋아하니까요!"

기쁨을 드러내는 것처럼 공중에서 구체가 다시 한번 밝게 빛났다.

장갑을 낀 손으로 엘이 모자챙을 비스듬히 기울였다. 씨익, 웃고선 자신만만하게 말했다.

"그럼 버디, 다시 한번 시작이야!"

이리하여 이야기는 계속된다.

모든 건 달이 빛나는 밤에.

악마이자 범죄자인 이브와
엘리트 천사 경찰 엘.
두 소녀가 이렇게 만나,
개막의 종은 계속해서 울려 퍼졌다.

그곳은 폐가였다.

주변엔 잡초들이 무성했고, 망가진 받침대 위에는 하늘을 손가락으로 가리킨 여왕의 상이 비에 젖어 넘어질 듯 말 듯 위태롭게 세워져 있었다. 오른편에는 부서진 성모상이 비스듬히 세워져 있다.

누군가가 따분하다는 듯이 파편을 걷어찼다.

긴 머리카락을 칠흑의 리본으로 한데 모아 묶고 있는 예쁜 소녀였다. 가녀린 몸에는 잿빛 로브를 뒤집어쓰고 있었다. 로브 탓에 다섯 종족 중 어떤 종족인지 분간이 가지 않는다.

그녀가 혼잣말처럼 허공을 향해 물었다.

"교회와 성모, 그리고 당신의 뜻은 그걸로 된 거야? 그 두 사람은 괜찮아?"

"괜찮습니다. 알아서 헤엄치게 놔두면 그 둘은 아직 써먹을 곳이 있어요. 이번에는 그냥 위험 분자를 배제할 수 있었으니 그걸로 충분해요. 남은 말들은 유용하게 써먹어야죠."

그 질문에 대답이 돌아왔다. 눈가를 가린 소녀가 폐가 구석에서 나타났다.

제인 도였다.

지금은 릴리스를 데리고 있지 않았다. 제인 도를 향해 다른 소녀가 조용히 말했다.

"위험 분자라…… 정확히는 다르지. **당신들이 시험 삼아 진실 일부분을 가르쳐 주고,** 그 결과 얼마나 당신에게 심취하는지와 어떻게 폭주하는지를 측정한 실험용 생쥐들이잖아?"

"생쥐에겐 생쥐만의 행복이 있으니까요."

손바닥을 합장하듯 모으면서 제인 도는 매끄럽게 입을 놀렸다.

평소 이해하기 힘든 말버릇은 거짓말이었던 것처럼 속삭인다. 그러면서 제인 도 또한 허공을 향해 시선을 던졌다. 천사와 악마의 버디. 이번 사건의 막을 내린 이인조. 가여운 두 사람을 떠올리면서 제인 도가 말을 이었다.

"이제부터 세계는 크게 변합니다. 어떤 종족도 평등하게 기회를 부여받고, 어떤 종족에게나 평등하게 탄식이 찾아오겠죠. 그 천칭을 사전에 조율하는 게 우리. 전쟁이 시작되기 전에. 그래요."

숨겨진 진실은 내장처럼 추악하고,
지독하고, 잔혹한 것이다.

그래서 제인 도는 단언했다.

"그 두 사람은 다다를 수 없어."
진정한 세계의 진실에.

* * *

이곳은 모형 정원.

여왕은 한 사람.

이윽고 백성들은 깨닫는다.

천 년의 안식이 이어져 온 행복과 행운을.

그게 끝나는 때에.

후기

처음 뵙는 분은 처음 뵙겠습니다, 아야사토 케이시라고 합니다.

이번에 다른 사람도 아닌 rurudo 선생님께 직접 지명받아, 대형 프로젝트인 『카르네아데스』의 설정, 세계관, 문장을 담당하게 되었습니다.

rurudo 선생님의 매력적인 소녀들을 『이야기』로 만드는 역할을 맡게 되어 정말로 영광입니다. 너무나도 섬세하고 매력적인 아이들을 정말정말 좋아합니다. 앞으로도 열심히 하고 싶습니다.

1권 집필도 성심성의껏 사랑을 담아 임했습니다만, 어떠셨나요? 엘과 이브. 상반되지만 아주 잘 어울리는 버디의 싸움을 재미있게 즐겨주셨다면 진심으로 다행입니다.

그리고 앞으로 캐릭터들의 운명이 어떻게 될 것인가, rurudo 선생님과 편집자 k 님의 의견과 희망을 여쭈어 가면서 진행할 수 있기를 바라고 있습니다.

부디 앞으로도 『카르네아데스』를 잘 부탁드리겠습니다.

그러면 언제나처럼 감사 인사 코너를 시작하겠습니다.

먼저 누구보다도 rurudo 선생님께. 소중한 캐릭터들을 맡겨주셔서 정말로 감사합니다. 몇 번이고 말씀드립니다만, rurudo 선생님이 그려주시는 소녀들을 정말 좋아합니다. 아이들을 제

손으로 글로 쓸 수 있어서 지금도 몹시 영광이고 행복합니다. 이어서 편집자 k 님. 『카르네아데스』관련 작업이 엉망진창인 와중에도 열심히 노력해 주셔서 정말로 감사드립니다. 이어서 출판에 참여해 주신 여러분과 소중한 가족들.

그리고『카르네아데스』를 읽어 주신 독자 여러분.
정말 진심으로 감사합니다.

분명 원래부터 rurudo 선생님의 캐릭터를 좋아해서 이 책을 손에 쥐게 된 분들이 많지 않을까 생각합니다. 그런 분들도 이 작품을 좋아해 주신다면 무척 기쁘겠습니다. 캐릭터를 잘 모르고서 손에 든 분들도 재미있게 즐겨주셨으면 하는 바람뿐입니다.

그러면 또 뵙겠습니다.
바라건대 이 모형 정원에서 다시 만나요.

AFTER STORY · 그리고 이야기는 계속된다

천사와 악마가 달이 밝은 밤을 나아갔다.

순백과 칠흑, 두 가지 색의 날개가 나란히 걸어간다.

하나부터 열까지 정반대. 그러면서도 잘 어울린다. 그런 두 사람은——앞으로의 거점이 될—— 천사 경찰 본부를 향해서 길을 걸었다. 엘이 스트레칭을 하듯 등을 쭉 펴면서 말했다.

"자, 그럼 무사히 버디를 재결성하는 데에는 성공했지만…… 우리의 이야기는 당연히 이걸로 끝난 게 아니야. 오히려 이제부 터가 진짜야."

"네! 세계의 진실, 숨겨진 수수께끼…… 대체 앞으로 어떻게 되는 걸까요?"

"그건 아무도 모르지. 그렇기 때문에 우리가 나서서 싸워야 해."

경찰모를 고쳐 쓰면서 엘이 새롭게 결의를 다졌다. 그 옆에서 이브는 힘차게 고개를 끄덕였다.

서로 시선을 나누고선 누가 먼저라고 할 것 없이 웃었지만, 동 시에 둘 다 깨닫고 있었다. 이 밤의 너머에 기다리는 건 아마 고 난의 길이겠지. 비좁고 아름다운 모형 정원 안에는 피 냄새가 풍기고 있다.

이 세계의 껍질을 한 꺼풀 벗겨보면 그 아래엔 부패한 무언가 가 고여 있을지도 모른다.

그럼에도.

"앞으로 무슨 일이 일어나더라도 너는 쭉 곁에 있어 줄 거잖아…… 그렇지?"

"네! 아플 때도, 건강할 때도…… 언제든 저는 엘 씨를 도울 거예요."

"좋은걸, 그거. 뭔가 멋있어."

엘의 칭찬에 이브는 기쁜 듯이 웃었다. 그럼 나도, 하고 엘이 입을 열었다.

매끄럽게, 소리 높여, 노래하듯이 선언했다.

"기쁠 때도, 슬플 때도, 나는 너와 함께할 거니까."

"네!"

두 소녀는 맹세를 나눴다. 그런 두 사람을 축복하는 것처럼 밤의 어둠이 점차 옅어지기 시작했다. 이제 곧 아침이다. 엘은 이브의 하얀 손을 쥐었다. 그리고 왈츠라도 권유하는 것처럼 말했다.

"아직 본부까진 갈 길이 머네. 뛰자, 이브!"

"네에? 너무 서두르면 피곤하다고요!"

"이대로는 시간이 너무 오래 걸려. 게다가 왠지 뛰고 싶은 기분이거든!"

이브에게 향하는 눈동자가 보석처럼 반짝였다. 불안은 얼마든지 있었다. 불길하고 불온한 징조도, 언뜻언뜻 엿보였다. 하지만 이제부터는 둘이 함께다. 멈춰 있을 수는 없다.

눈부신 무언가를 마주한 것처럼 이브의 눈이 가늘어졌다. 엘이 이끄는 대로 따라가며 이브도 속도를 높였다. 그렇게 둘은 걸음을 서둘렀다. 멈추는 일 없이, 앞을 향해, 무슨 일이 있더라도.

맞잡은 손을 놓는 일 없이.

CARNEADES Vol.1 TENSHIKEISATSU ERU TO KIYOWA NA AKUMA
©Keishi Ayasato・rurudo 2023
First published in Japan in 2023 by KADOKAWA CORPORATION, Tokyo.
Korean translation rights arranged with KADOKAWA CORPORATION, Tokyo.

카르네아데스 1 –천사 경찰 엘과 소심한 악마–

2025년 3월 1일 1판 1쇄 발행
2025년 5월 15일 1판 2쇄 발행

저　　　자 아야사토 케이시
일 러 스 트 rurudo
옮 긴 이 정백송
발 행 인 유재옥
담 당 편 집 박차우
이　　　사 조병권
출판본부장 박광운
편 집 1 팀 박광운
편 집 2 팀 정영길 조찬희 박차우
편 집 3 팀 오준영 권진영 이소의 정지원
디자인랩팀 김보라 전세연
디지털사업팀 김지연 윤희진
콘텐츠기획팀 강선화
라이츠사업팀 김정미 이지현 이윤서
영업마케팅팀 최원석 윤아림
물 류 팀 백철기
경영지원팀 최정연
인쇄제작처 ㈜코리아피엔피
발 행 처 ㈜소미미디어
등　　　록 제2015-000008호
주　　　소 서울시 마포구 토정로222, 502호 (신수동, 한국출판콘텐츠센터)
판매 및 마케팅 (070) 8822-2301

ISBN 979-11-384-8566-1
ISBN 979-11-384-8563-0 (세트)